# *La folie de ton amour*

N° ISBN Papier : 978-2-37521-065-9
N°ISBN Numérique : 978-2-37521-066-6

Suivi éditorial et correction : Charlotte Arnaud
Dépôt légal : Juin 2018
Date de parution : Juin 2018
Mix Editions :
Impasse des Mares, 76970 Grémonville
Site Internet : www.mix-editions.fr

Eve Terrellon

# *La folie de ton amour*

Mix Editions

*Je dédie ce livre à Angel, le petit dauphin albinos arraché à sa famille en janvier 2014, après que les siens aient été massacrés par des pêcheurs. Elle n'était encore qu'un bébé et elle a été vendue au Taiji Whale Museum. J'ai découvert son existence en me documentant pour ce roman. J'ignore si elle survit encore, mais je tenais à briser le silence, car sa destinée m'a profondément émue. Qui lira cette histoire comprendra ma peine.*

*À toi, Angel, pour que ta propre histoire ne sombre pas dans l'oubli, et que plus aucun dauphin ne subisse le mal qu'on t'a fait.*

# Prologue

Cette histoire n'est pas la mienne. Enfin si, mais je n'en suis pas le héros. Je ne figurerai jamais le personnage que j'aimerais incarner. Charismatique, valeureux, et suffisamment fort pour te tirer vers la lumière. Mon rôle se cantonne à celui d'un aveugle, s'efforçant vainement de te comprendre. Une ombre traversant ton existence, incapable de lire en toi avant qu'il ne soit trop tard.

La vie n'accorde pas toujours de seconde chance, et quand on a raté celle qu'elle vous octroyait au point d'échouer à préserver ce pour quoi on se serait sacrifié, alors la boucle est irrémédiablement brisée. L'amour construit, mais il peut aussi détruire, désespérer, et mener à la folie la personne pour laquelle on aurait tout donné.

L'amour s'est joué de moi… De toi… De lui…

L'amour tue.

L'amour m'a pourtant offert le plus beau des cadeaux. Celui de te serrer entre mes bras pour raviver ton sourire. J'ai également eu le privilège de t'entendre à nouveau rire… parfois. Des jours de bonheur partagé, porteurs d'un espoir fragile, avant d'être nié.

Étrangement, j'arrive à gommer la dureté du chemin que tu empruntais pour ne me rappeler que de nos bons moments.

Aujourd'hui, c'est encore cet amour qui guide mes pas. Il m'incite à marcher le long de la crique, à endurer la morsure saline du vent marin, à écouter rouler les galets humides, à humer les senteurs de la mer. Souvent, je m'interroge. Comment une telle utopie est-elle parvenue à dévorer ton âme ?

Tu me manques et ton absence finit par bousculer mes certitudes. À progresser ainsi le long de la grève, j'en viens à souhaiter apercevoir le fantôme que tu révérais. Une chimère, suivant une voie ouverte sur une réalité différente ; mystérieuse, effrayante, dangereuse et incontestablement séduisante. Un rêve éveillé, qui t'a poussé à basculer là où je n'ai pas su te suivre. Sa prégnance continue de brouiller les cartes, sans réussir à ternir la pureté de ton souvenir. L'amour a bafoué ses promesses, mais il demeure puissant pour t'enraciner dans mon cœur.

Aimer à en mourir…

Arriverai-je un jour à cerner le sens caché de tes actes ?

Personne mieux que moi ne connaissait la détresse qui te détruisait. Personne mieux que moi ne pouvait t'aimer après lui. Personne mieux que moi n'aurait pu résister au double tranchant de notre histoire. Et pourtant, je n'ai rien pu faire.

Tout a commencé voilà dix ans…

# Chapitre 1 : Pour la beauté d'un rire

Je venais de terminer mes études d'architecture et d'emménager dans un charmant petit pavillon sur la côte normande, près de Fécamp. Son propriétaire me le louait pour une bouchée de pain. Le fond du jardin aboutissait sur une partie de la falaise prête à s'effondrer aux premières trombes d'eau, et j'avais interdiction de poser un pied au-delà des rangs d'oignons du potager. La résiliation de mon bail me guettait au moindre mouvement de terrain, mais la vue était magnifique, et la situation de la maison, retirée du village, correspondait à mon besoin de solitude et d'indépendance.

Mon diplôme en poche, j'avais eu l'opportunité d'obtenir rapidement un emploi. Un travail débouchant sur une carrière d'ingénieur en structures hydrauliques, comme je l'envisageais. Mon statut de major de promotion m'ouvrait des portes que d'autres n'auraient eu aucune chance de pousser. Mon recrutement me donnait même le choix. Soit j'exerçais en Normandie, sur un projet lié à la protection du littoral par la mise en place de digues, soit je débutais directement à Paris, sur un chantier de réfection des berges de la Seine.

La plupart de mes amis auraient opté pour le job parisien. Personnellement, je préférais renoncer à l'agitation festive de la capitale. J'avais donc décidé de m'attaquer à la furie des vagues. Une réalisation qui m'occuperait durant quelques mois. Le temps de prendre suffisamment de recul pour régler le problème qui minait mon existence depuis cinq ans, de chercher un autre contrat dans un lieu encore plus isolé, ou de m'implanter suffisamment sur le terrain pour me bâtir un nid douillet.

À vingt-cinq ans, je goûtais enfin à la liberté. Loin de la famille, de l'insouciance surfaite des années d'étude, de l'attention parfois un peu lourde de mes amis, et surtout loin de la vie amoureuse. Ou plutôt de l'absence de vie amoureuse. À défaut de vivre une passion flamboyante, ou même un tout petit amour sage, il me fallait échapper à la tentation de céder à un cycle de rencontres qui ne me correspondait pas.

Je m'éloignais volontairement. J'avais besoin de réfléchir, de faire le point, de retrouver un équilibre émotionnel qui me permettrait de dérouler une destinée plus sereine. Je ne connaissais personne en Normandie et j'allais pouvoir m'organiser comme je le désirais. Chez moi. Sans me demander si ce que je faisais risquait d'ennuyer qui que ce soit. Et croyez-moi, lorsque l'on est le cadet de quatre sœurs, adorables et aimantes, mais particulièrement étouffantes face à la moindre manifestation de tristesse de votre part, ce havre de paix n'avait pas de prix.

Enfin, à ce moment-là, c'était ce que j'imaginais encore.

J'achevais d'emménager lorsque tu apparus dans ma vie. Ce jour-là, il faisait très beau. Chaud également. La porte-fenêtre donnant sur le jardin était restée entre-ouverte, et le bruit de la mer remontait jusqu'à moi. Appliqué à ordonner rapidement le rangement de mon intérieur, je déballais un dernier carton de livres dans la bibliothèque quand le trille d'un rire clair frappa mon oreille. Un rire masculin, jeune et cristallin, bien qu'adulte. Un rire franc, exprimant un accent de joie véritable. Un rire frais, sans arrière-pensées de paraître. Un élan du cœur suffisamment exceptionnel et pétri d'innocence pour m'interpeller.

Intrigué, je sortis. La platitude du terrain, qui s'avançait sans dénivellation jusqu'à la falaise, me masquait en grande partie la plage, sauf à marée basse. Située une vingtaine de mètres plus bas, sa nasse en arc de cercle se coinçait entre deux pointes de murailles de calcaire abruptes. Elle n'attirait que quelques habitués durant la belle saison, et de rares touristes suffisamment doués pour trouver le départ du chemin pentu au bout de mon jardin, et surtout assez casse-cou pour le suivre malgré son étroitesse et l'absence totale de rambarde de sécurité du côté du vide.

Un sentier en théorie interdit d'accès à cause des risques d'effondrement, camouflé par un monceau de ronces poussant devant une clôture depuis longtemps cisaillée. Que des inconscients aient repéré la passe exiguë qui permettait d'éviter les épines ne m'étonnait pas. L'information circulait depuis belle lurette auprès des adolescents du village.

J'en avais chassé quelques-uns la veille, trop jeunes à mon goût pour tenter l'expérience. Aux dires du propriétaire, trois personnes avaient dévissé mortellement l'année précédente, et je ne souhaitais pas être celui qui avertirait les secours lors du prochain accident. Et puis si je désirais conserver ma tranquillité, autant poser les limites tout de suite en présentant un côté peu aimable.

Ce qui me surprenait par contre, c'était de n'avoir vu personne se faufiler dans le jardin pour se glisser vers le grillage. Je n'arrêtais pas de tourner dans la maison, et la plupart des fenêtres demeuraient grandes ouvertes. Prudemment, je marchai jusqu'aux rangs d'oignons censés délimiter la portion de terrain sans danger.

De mon observatoire en hauteur, je distinguais les galets de la crique, prisonnière entre les deux avancées maritimes du mur de craie. Il n'était pas du tout indiqué d'y traîner trop longtemps lorsque les vagues repartaient à l'assaut de la grève. Pour l'heure, le début de l'après-midi marquait la marée basse. Curieux, je patientai, certain que la largeur supplémentaire découverte sur la plage me permettrait d'apercevoir qui enfreignait l'interdit municipal, tout en ravissant mes oreilles d'un rire aussi pur.

Enfin, tu apparus. Ou plutôt, vous apparûtes. Deux hommes jeunes, vêtus de simples caleçons de bain, se coursant en chahutant gaiement sur le rivage. Un grand Noir athlétique, et un Blanc à la corpulence plus frêle. Le Noir poursuivait le Blanc, en une parodie de chasse dont la finalité m'intrigua immédiatement.

Durant plusieurs minutes, je vous observai. Malgré tes pieds nus, tu détalais sur les pierres en égrenant ce rire clair qui m'ensorcelait. Longiligne et souple, ta silhouette m'évoquait celle d'un félin gracile et je finis par ne plus regarder que toi. Ton ami était beau, mais il se dégageait de ta personne l'insolence insoumise de ceux qui se veulent libres. En cela, tu m'as toujours séduit. Zigzaguant pour perdre ton chasseur, tu me faisais l'effet d'une panthère des neiges. Tachetée de sombre, comme les mèches brunes de la chevelure qui balayait ton front.

Ce jeu d'enfant prit fin lorsque ton compagnon te rattrapa. Peau d'ébène contre peau de nacre, votre face à face s'éternisa dans un silence indéchiffrable pour moi, jusqu'à ce que ton vainqueur t'enlace sans la moindre pudeur. Il ne t'en plia que plus aisément sous un long baiser, auquel tu répondis en crochetant tes mains à sa nuque.

Le secret de mes sorties étudiantes m'avait accoutumé à ce genre de spectacle. Il m'avait même habitué à bien plus, mais je ne m'y attendais pas ici. Brutalement confronté à ce que je fuyais, je ressentis soudain l'envie de me retrouver à la place de ce beau Noir. Et la force de ce désir me dérouta. Tout comme l'écho de ton rire qui revint à la charge dès que celui que je supposais ton amant relâcha ta bouche.

Une chaleur gênante envahit mes joues. Ce fut le moment que tu choisis pour lever les yeux vers moi. Tu étais trop loin pour que je détermine leur couleur, et pourtant je continuais à te dévisager. Contre toute logique, je m'accrochais à ce contact éphémère. Tu te penchas à l'oreille de ton compagnon qui releva à son tour son visage dans ma direction. Quand il m'aperçut, je crus discerner un sourire, mais ce fut bref. Te prenant par la main, il t'entraîna du côté de la falaise, là où mon regard ne portait pas.

Durant de longues minutes, je patientai, espérant qu'un nouveau jeu te ramènerait dans mon champ de vision. Apparemment, ton ravisseur en avait décidé autrement et la déception qui me gagnait m'armait de colère contre lui. J'ignorais qui tu étais, si tu avais apprécié d'être ainsi le centre de mon attention, ou même si je te reverrais, et cependant, je n'arrivais pas à m'arracher à mon rang d'oignons.

Au bout d'une demi-heure, quand il devint évident que vous ne bougeriez pas, un reste de raison me secoua. Depuis ta disparition, je n'avais plus entendu ton rire et je préférais éviter d'imaginer ta bouche occupée à une autre tâche. Dépité, je retournai dans la maison. J'étais incontestablement de trop. Qu'importait ! Je voulais découvrir plus précisément le visage du garçon qui possédait le rire d'un ange.

Sortant une chaise sur la terrasse, je m'assis. J'attendis près de trois heures, mais je ne vous vis pas remonter la sente au bout du jardin. Vous sembliez vous être évaporés. Décidé à élucider ce mystère, je ne quittai pas la villa le lendemain. J'espérais que vous renouvelleriez votre imprudence. En fin de matinée, ton rire se manifesta à nouveau alors que personne ne s'était aventuré sur ma propriété.

Il me fallait comprendre. Tout au moins, était-ce la raison que je me donnais pour entreprendre la folie de marcher jusqu'au bout du terrain. La vérité était bien différente. Un incoercible besoin de t'approcher me poussait à prendre tous les risques. Refusant d'écouter les mises en garde de mon esprit pusillanime, je contournai l'amas de ronces pour m'avancer vers le vide. Baissant les yeux, je pouvais enfin les poser sur l'ensemble de la plage.

Tu étais là, assis le long de la paroi, à regarder la mer. Installé à tes côtés, ton ami faisait également partie de l'équation, mais ce n'était pas ce qui m'interdirait de te rejoindre. Écartant le grillage, je m'engageai sur le sentier. L'importance de son inclinaison m'ennuya davantage que son étroitesse. Il dévalait en ligne droite jusqu'au rivage et sa déclivité devait avoisiner les trente degrés. Prudemment, j'entamai la descente. Le bruit des vagues couvrait ma progression. Vous ne me voyiez pas et j'éprouvai une certaine euphorie à vous surprendre. Une impression qui me donnait de l'assurance.

Un morceau de roche roula soudain sous ma chaussure. Déséquilibré, je me raccrochai à une grosse racine perçant la couche friable. Mon aplomb retrouvé, je m'aperçus que vous suiviez à présent mon cheminement des yeux, d'un air sérieux et presque inquiet. Il devenait évident que vous n'empruntiez pas ce passage pour rejoindre ce bout de plage, et je mesurai toute la folie de mon équipée.

Sous mes pieds, le sol dessinait un sentier de creux et de bosses taillés à la serpe. L'importance que tu semblais brusquement m'accorder m'incita néanmoins à poursuivre. De toute façon, je me trouvais à mi-parcours, et remonter ou descendre revenait au même. Quoique descendre m'évitait de me briser tous les os si je chutais.

Ravalant ma peur, j'effectuai le reste du trajet en surveillant les endroits où je posais les semelles de ma vieille paire de baskets. Obnubilé par le désir de t'approcher, je n'avais pas même pris le temps de me chausser correctement. Et ce n'étaient pas mon jean et mon tee-shirt qui m'offriraient une protection supérieure si je tombais.

Enfin, j'atteignis les galets.

— Belle prestation.

La voix chaude de ton ami m'incita à redresser la tête. Il s'était relevé et j'admirai un instant son corps sombre et musclé. J'étais grand et la natation avait plutôt bien développé ma carrure, mais il me dominait par la taille et la largeur des épaules. Vu de près, il semblait avoir la trentaine. Son visage carré, encadré par un mince collier de barbe aussi noir et dru que sa chevelure tondue près du crâne, ne manquait pas de charme, et je me dis que tu devais fondre sous la chaleur de son regard brun. Je me surpris à le trouver sympathique malgré l'amusement que suscitait visiblement la maladresse de mon parcours.

— Merci, répliquai-je par automatisme, en tâchant de conserver un air dégagé.

— Randonnée néanmoins un peu hésitante sur la fin, acheva-t-il avec un brin d'ironie.

Assis derrière lui, tu te contentais de m'observer avec un sourire légèrement moqueur. J'avais enfin la possibilité de te dévisager de près, et je ne regrettai pas mon imprudence. La délicatesse de ta physionomie imberbe affichait une jeunesse resplendissante. La finesse de tes traits s'accordait à celle du reste de ta silhouette et je ne te donnais pas plus de vingt ans. Le soleil de ce mois d'août dorait ta peau claire d'une douce couleur ambrée, bien plus pâle que la mienne. Les mèches de ta frange brune, lisses et trop longues, retombaient en désordre sur ton front, mais elles ne parvenaient pas à dissimuler la beauté singulière de tes yeux d'un bleu aigue-marine, intense et lumineux, bordés d'épais cils noirs.

Nullement incommodé par l'insistance de mon propre regard, tu te redressas à ton tour, pour proposer d'un ton plein d'audace à ton compagnon :

— Et si nous venions par-là, la prochaine fois ? Ça pourrait être amusant.

Ton inconséquence me fit frémir. Je ne venais pas de risquer ma vie pour t'inciter à m'imiter. Heureusement, ton ami possédait davantage de bon sens.

— Hors de question. Nous avons la chance de passer par une voie moins technique, et nous continuerons de l'utiliser.

— Votre ami a raison, ne pus-je me retenir d'intervenir. C'est dangereux.

Mes paroles s'accordaient mal avec ma récente attitude, et vous me considériez de manière un peu interloquée. Je devais vous paraître stupide, et je me présentai sans vous donner le temps de répliquer.

— Alban Rouvier. Je viens d'emménager dans le pavillon juste au-dessus. Mon propriétaire m'a mis en garde contre ce sentier, mais en vous entendant, je pensais qu'il avait exagéré. Ce coin est magnifique et j'ai eu envie de l'explorer. Vous semblez avoir découvert un chemin différent. Peut-être pourriez-vous me l'indiquer ?

Le coup d'œil échangé entre vous me fit craindre que vous ne désiriez conserver ce secret. Après tout, jusqu'à présent vous étiez les seuls à profiter de ce bout de plage, tous les autres candidats au suicide déclarant visiblement forfait pour le moment. Non pas que cette révélation me fut indispensable, mais c'était l'unique prétexte que j'avais trouvé pour te revoir.

Au bout de quelques secondes interminables, tu pointas enfin du menton l'anse rocheuse qui plongeait derrière toi dans la mer.

— On accède en bateau.

Camouflée en partie par les rochers, je n'avais pas remarqué la petite embarcation à moteur qui tanguait au gré des vagues. En découvrant votre moyen d'approche, je déchantai. Vous pouviez venir de n'importe où. Dépité, je posai carrément la question :

— Et vous arrivez de loin ?

— Pas vraiment. En fait, c'est toi qui es chanceux. Tu peux descendre quand tu le veux. Ça nous oblige à faire le tour par le port. Alors que la maison est juste là, achevas-tu en levant cette fois-ci les yeux au-dessus de toi.

Effaré, je ne retenais qu'une chose.

— Vous habitez le grand manoir ?

La propriété jouxtant la mienne était connue à des kilomètres à la ronde. Nichée au cœur de plus d'un hectare de verdure, elle rappelait les vieux manoirs normands avec leurs colombages et leurs toits couverts d'ardoises. C'était en réalité une villa somptueuse, construite voilà plusieurs dizaines d'années par un industriel parisien en quête de calme, de nature et de vue imprenable.

— Les parents de Dimitri nous l'ont prêtée. Il paraît que c'est un lieu parfait pour écrire, et Dimitri pense que les endroits isolés me conviennent mieux.

Tes propos en demi-teintes évoquaient plus que des vacances, et cette information me ravit.

— Vous comptez rester là longtemps ? demandai-je.

— Un certain temps, répondit évasivement ton ami.

Ce disant, il posait sur toi un regard lourd de reproches. Votre belle histoire souffrait-elle d'une fêlure ? Désireux de briser la chape de plomb qui s'installait, je commentai, comme si je n'avais rien remarqué :

— Ainsi nous sommes voisins.

— Oui, nous sommes voisins, répliquas-tu en m'adressant ce petit sourire provocateur qui t'allait si bien. Voici Dimitri Douamage. Le fils des établissements Costin-Doua, mon hôte, et l'homme avec lequel je partage accessoirement mon lit.

Une présentation très personnelle, qui n'eut pas l'air de plaire au concerné.

— Ça suffit, Cédric !

— Quoi ? Je me sociabilise, tu devrais apprécier. Et puis, si notre voisin est amené à nous revoir, autant qu'il sache à quoi s'en tenir tout de suite. Moi, c'est Cédric Durueil. Alors, pas de réserves envers notre relation ?

— Aucune, répondis-je précipitamment.

Ton franc-parler me désarmait. Me déstabilisait aussi. J'y décelais davantage que la simple envie de mettre les choses au clair. Je ne te connaissais cependant pas encore assez pour déterminer si tu agissais par amusement, ou bien si tu te protégeais ainsi de désenchantements à venir. Mon flottement parut si évident, que Dimitri vola à mon secours.

— Je doute qu'il soit descendu pour avoir ce genre de conversation, et de toute façon il est trop tard pour en débattre. Le vent se lève, c'est le moment de rentrer.

— Oui, papa.

Au regard excédé de ton compagnon, ton rire s'égrena et mon cœur fit une embardée. Sans rien ajouter, tu te détournas pour courir vers la mer. Toujours près de moi, Dimitri prit le temps de te dédouaner.

— Excusez-le. Il a une façon bien à lui de marquer son territoire.

— Il n'y a pas de mal, répondis-je.

— Heureux de vous l'entendre dire. Alors peut-être à une prochaine fois, termina-t-il en s'éloignant à son tour.

J'aurais juré que ce *« peut-être »* portait en germe un adieu définitif, et mon angoisse ne disparut que lorsque tu te retournas, pour crier en agitant la main avant de plonger dans les vagues.

— Salut !

J'emportai ce *« salut »* comme une promesse de te revoir, tandis que vous rejoigniez à la nage votre embarcation. À bien y réfléchir, le passage par la mer ne me semblait guère plus prudent que celui que je venais d'emprunter, et je restai sur la plage pour m'assurer que vous remontiez sans difficulté dans votre bateau. Notre rencontre m'obnubila tout le reste de la soirée, et j'eus du mal à ne pas penser à toi le lendemain, tandis que je prenais mes fonctions.

Je rentrais de ma première journée de travail en me demandant si tu étais à nouveau sur la plage, quand j'aperçus Dimitri en garant ma voiture. Assis sur l'un des sièges du salon de jardin, il me salua d'un hochement de menton cordial alors que je sortais du véhicule. Il n'avait eu qu'à pousser le portail pour entrer dans la cour, et depuis, il patientait. Dire que sa visite m'étonnait était un euphémisme. J'aurais toutefois mille fois préféré la tienne.

Je le rejoignis sans cacher ma perplexité.

— Un problème ?

— Ça dépend de vous, répliqua-t-il tout de go. Votre promenade d'hier a montré à mon ami que le chemin partant de chez vous était praticable. Et j'ai bien peur qu'il se soit mis en tête de l'emprunter.

Je notai nettement la contrariété dans ses paroles, et je la comprenais. Mon imprudence se retournait contre moi, ou plutôt contre toi, et je n'en éprouvais aucune fierté. M'installant sur la chaise en face de lui, je rétorquai avec franchise :

— Ce sentier est trop dangereux pour qu'on l'utilise.

— Ce qui ne vous a pas empêché de le suivre, remarqua-t-il avec un sourire froid.

— Certes, mais croyez bien que si j'avais eu idée de la difficulté qui m'attendait, je n'aurais pas essayé. Vous paraissez d'ailleurs l'avoir parfaitement deviné. Il m'a semblé déceler dans votre attitude une certaine… moquerie lors de mon arrivée.

— Désolé si je vous ai heurté, s'excusa-t-il. Mais il est incontestable que vous n'avez pas le pied montagnard. Mon ami, par contre, oui. Il raffole de l'escalade et il sait comment aborder une pente pourrie.

Voilà une nouvelle qui ne m'emballait pas, et qui visiblement n'enchantait pas plus mon interlocuteur.

— Alors il est bien placé pour connaître le danger d'un tel parcours, lui retournai-je.

— Il devrait, oui. L'ennui, c'est qu'il tient énormément à cette plage. La rejoindre sans passer par le large lui ferait gagner près d'une heure. Et je vous avouerais que cela me rassurerait. Nous sommes bons nageurs, mais les courants sont forts. D'autre part, il y vient parfois seul, et je n'aime pas ça.

Je ne le suivais plus. D'un côté, il paraissait fâché de t'imaginer descendre par le sentier, et de l'autre il semblait chercher à me convaincre de t'en autoriser l'accès.

— Le chemin de la falaise est hasardeux, répétai-je. Trois adolescents sont morts en l'empruntant l'année dernière.

— Je suis au courant, mais mon souci est un peu différent. D'après mes informations, ces gosses n'avaient aucune expérience de la randonnée et ils n'ont pris aucune précaution pour entamer la descente. La vraie menace tient dans la nature de la roche. Une partie de la propriété de mon père nous est aussi interdite.

— Alors si vous le savez, je ne vois pas pourquoi nous avons ce genre de discussion.

— Parce qu'un terrain tel que celui-ci n'arrêtera pas Cédric.

Cédric… Durant quelques secondes, nous nous dévisageâmes avec une angoisse identique au fond des yeux. Nous ne nous connaissions que depuis un jour et tu devenais déjà notre centre de préoccupation commun.

— Donc nous avons un problème, admis-je. Que préconisez-vous ?

En regardant Dimitri se caler dans sa chaise, je devinai qu'il venait de m'amener où il le voulait. Posément, il énonça :

— L'État prend ses précautions, mais personne ne pourrait dire exactement quand ce morceau de falaise s'effondrera. Elle est poreuse et l'humidité la mine. Néanmoins, elle n'est pas attaquée de la même façon partout. Si je faisais passer un géologue pour évaluer plus précisément les risques, cela vous dérangerait ?

L'option était intéressante, mais sujette à deux restrictions que je lui exposai aussitôt :

— Je n'ai pas les moyens de payer un géologue et je doute que vous en trouviez un si rapidement.

— Ne doutez de rien. Je me charge de tout. Vous n'aurez rien à payer et quelqu'un sera là dans la semaine. Il faut bien que l'argent et les relations de mon père servent à quelque chose.

Décidément, il avait tout prévu. J'aurais pu me heurter de cet assistanat, mais bien que direct, Dimitri m'abordait sans condescendance. Et puis l'idée de te revoir tout en m'assurant de la pondération de la menace que tu courrais me tentait terriblement. Je demeurais toutefois un peu déconcerté par la démarche de ton amant, et je m'enquis :

— Pourquoi n'est-il pas venu me le demander lui-même ?

— Parce qu'il ne veut pas m'inquiéter et qu'il a encore moins de raisons de vous causer de souci. Néanmoins, soyez sûr qu'il descendra dès que vous aurez le dos tourné. Il sait que je le sais, mais il préfère réagir comme si je l'ignorais. Cédric est… compliqué.

Le portrait qu'il me dressait de toi me tracassait, et je l'interrogeai plus avant :

— Il aime tant que cela le danger ?

— Il a besoin de se détendre, me corrigea-t-il. Et ici, rien ne le lui permet davantage que les dauphins.

— Les dauphins ? m'étonnai-je. Je ne pensais pas qu'ils venaient si près de la côte.

Dimitri me renseigna sans difficulté.

— Il en existe une petite bande au large. Au début, ils se contentaient de suivre de loin le bateau. Maintenant, ils s'approchent de plus en plus du rivage quand nous nous y trouvons. Nous n'avons rien fait pour, mis à part peut-être que Cédric adore les observer et que parfois il leur parle. On raconte que ces animaux ont un sixième sens pour aider ceux qui souffrent.

À sa façon de pincer les lèvres, je compris qu'il m'en avait trop dit. Déterminé à en apprendre davantage, je ne relevai pas son dernier propos, mais conservai précieusement cette information dans un coin de ma mémoire. Que cachait la joyeuse innocence affichée par ton rire ? En attendant de le découvrir, je préférai préciser un point obscur.

— Expliquez-moi une chose. J'admets que passer par ma propriété lui fera gagner du temps pour atteindre la plage. Cependant, si les dauphins le retrouvent au large, à quoi bon venir sur ces galets ?

Demander cela m'était difficile. À cause d'un stupide détail de logique, tu risquais de disparaître de ma vie. Ta sécurité demeurait néanmoins à ce prix. Dimitri répondit avec franchise.

— Pour une raison que j'ignore, ils ne s'approchent jamais très près du bateau, même à l'arrêt. Alors que l'eau profonde de la crique semble les attirer. Cédric l'a compris. Je refuse qu'il prenne le hors-bord quand il est seul. Mon père s'occupe d'import-export, et il m'emploie régulièrement pour traiter certaines de ses affaires. Je m'arrange toujours pour ne pas m'absenter plus de quarante-huit heures, mais la prochaine fois que je devrai partir, il n'en fera qu'à sa tête.

Il avait l'air sincèrement inquiet, ce qui objectivement ne me rassurait pas davantage.

— S'il descend seul, n'importe quoi peut se produire sans que vous le sachiez, objectai-je.

Penchant son buste vers moi, mon visiteur formula comme une confidence :

— Si j'obtiens votre assentiment, lorsqu'il me sera impossible de l'accompagner, je pourrai négocier avec lui pour qu'il ne s'engage sur ce sentier qu'en fin d'après-midi. Une fois rentré de votre travail, vous veillerez alors accessoirement sur lui, de loin.

Je ne m'interrogeai même pas sur les conséquences de cet arrangement le jour où l'on me demanderait de faire des heures supplémentaires. J'exigeai juste une confirmation.

— Il accepterait ?

— Sans autre contrainte que celle d'attendre votre retour pour rejoindre la plage, oui. Ainsi vous pourriez réagir en cas de problème, sans qu'il se sente piégé pour autant. Je vous l'ai dit, rejoindre les dauphins l'apaise.

Dimitri n'était plus un ado pour me tanner ainsi sans raison majeure. Ces animaux devaient vraiment être importants pour toi, et je ne pouvais déjà plus rien te refuser.

— D'accord, répondis-je en lui tendant la main.

Alors que nous scellions notre entente, sa poigne ferme et son regard empreint de reconnaissance m'insufflèrent un léger embarras. Je n'agissais avant tout que pour moi. Embarras qui s'accentua quand il me proposa en se relevant :

— Si vous avez du cran, n'hésitez pas à l'accompagner en bas. Cédric a besoin de voir du monde. Et passez prendre un verre à l'occasion. Le plus tôt sera le mieux.

# Chapitre 2 : Les liens de l'amitié

J'avais toujours imaginé que mon premier job accaparerait toute mon attention. Surtout si je l'effectuais dans le secteur de mon choix. J'aimais la mer et la Normandie me plaisait. Je ne connaissais pas ses côtes, mais je les découvrais avec ravissement. Les vacances familiales de mon enfance, bien que ponctuées de tendres moments partagés avec mes sœurs, ne brillaient guère par l'originalité. Mes parents revenaient invariablement visiter la Bretagne voisine et il me semblait que la Normandie ne devait pas être tellement différente. En acceptant un poste dans la région, je pensais surseoir ainsi au déséquilibre d'un changement d'existence brutal, tout en gommant en douceur ce qui me gênait dans l'ancienne.

Et voilà que ta rencontre remettait tout en question. De manière fulgurante, déstabilisante, et ô combien tentatrice. Dans le secret de son être, un homme peut avoir un cœur de midinette et croire qu'il croisera un jour un amour suffisamment fort pour combler sa vie entière. C'était mon cas, et ton rire m'avait épinglé comme un papillon sur la planche des absolus. Ce soir-là, alors que je me préparais à vous rendre visite, j'en oubliai presque

Dimitri. Il était pourtant l'instigateur de cette étrange invitation, qui allait me propulser dans vos destinées.

Fixant d'un coup de gel mes cheveux bruns pour dégager mon front, je vérifiai une dernière fois l'irréprochabilité de mon court collier de barbe. Taillé au cordeau, il encadrait parfaitement ma mâchoire carrée tout en soulignant mes pommettes hautes. Je n'aimais pas particulièrement la mode du poil au menton, mais j'avoue que c'était bien pratique pour se passer du rasoir les matins où le réveil omettait de sonner.

En croisant mon regard bleu dans la glace, je me fis la réflexion qu'il paraissait bien terne par rapport au tien. La lumière irradiant de tes iris clairs m'obsédait, à l'exemple de ton rire. Il allait me falloir beaucoup d'attention pour ne pas me trahir. Secouant la tête, je poursuivis mon inspection. J'avais changé de chemise, et mon pantalon de toile me donnait l'air suffisamment vacancier pour ne pas trimbaler mon statut de cadre nouvellement embauché derrière moi.

Satisfait de mon apparence, je m'emparai de la bouteille de Chablis, raflée dans la cave pour l'occasion, avant de me mettre en route. Laissant la voiture au garage, je pris le chemin du bord de mer à pied. Nos habitations n'étaient distantes que d'une centaine de mètres. La tienne disparaissait derrière les branchages de grands arbres que le père de Dimitri avait refusé d'abattre lors de sa construction. Une configuration qui insufflait un caractère intemporel à la propriété tout en renforçant son allure de vieux manoir.

Le nez en l'air, je finis par stopper devant un large et haut portail blanc, totalement hermétique au regard. Fermé. Un instant, j'hésitai avant de sonner à l'interphone. Dimitri m'avait dit de passer et je m'exécutais dès le lendemain. Nous vivions une époque où tout s'accélérait, mais mon empressement n'allait-il pas paraître un peu cavalier ? Mes parents m'avaient nourri d'un art de vivre feutré, totalement ringard, et j'éprouvais presque de la confusion à vous déranger si rapidement. L'envie de te revoir me décida néanmoins à poursuivre. J'ignore qui me répondit, mais ton amant avait apparemment donné des ordres, et la barrière s'activa dans sa glissière.

La traversée du parc ne fut pas longue. Suffisante toutefois pour m'assurer que je m'aventurais dans un milieu que je ne fréquentais pas à l'ordinaire. Malgré la profusion de verdure déployée au-dessus de ma tête par des arbres gigantesques, pas une feuille ne traînait dans les allées bordées de massifs fleuris, et les rosiers installés sur des arceaux s'épanouissaient en cascades impeccablement taillées. L'entretien de ce lieu devait être journalier.

La cour gravillonnée, située à l'avant du bâtiment, attira également mon attention. Elle se voyait délimitée par les répliques de statues mondialement célèbres, formant un vaste arc de cercle. Je n'avais jamais été particulièrement attiré par les sculptures, mais la magnificence de ce décor à la lisière du jardin m'impressionna.

Discrètement, je passai le doigt sur une Psyché alanguie dans les bras de l'Amour, non loin d'un David contemplatif. Il s'agissait bien de marbre. La fortune de la famille Douamage m'apparut soudain, et je me demandai si mes nouveaux revenus, bien que substantiels, suffiraient à te suivre dans tes caprices. Rien n'indiquait que tu fusses toi-même riche à millions, ni même sujet à des toquades princières, mais cajolé par un amant visiblement très loin des contraintes matérielles, je risquais de te paraître bien insignifiant.

Un peu déstabilisé, je montai les marches qui me séparaient du perron. L'une des trois portes-fenêtres donnant sur celui-ci s'ouvrit à mon approche. Aimablement, une femme blonde entre deux âges m'invita à entrer dans le vestibule. Celui-ci était si vaste qu'on aurait pu y installer un salon. Apparaissant en haut de l'escalier qui déployait son large palier délimité par une rambarde en colonnettes, Dimitri me héla.

— Voilà une heureuse surprise, Alban.

— J'espère que je n'abuse pas en me présentant si tôt, répliquai-je.

Je lui montrai la bouteille de Chablis alors qu'il descendait à ma rencontre.

— Au contraire. Nous n'avions rien de prévu ce soir et Sylvia laisse toujours traîner un monceau de nourriture dans la cuisine. Au cas où nous mourrions de faim, acheva-t-il en coulant un regard affectueux à la domestique qui m'avait introduit à l'intérieur.

— Si vous avez besoin de moi, je peux rester un peu plus tard, dit aussitôt celle-ci.

— Non, merci Sylvia. Nous nous débrouillerons. Vous pouvez rentrer maintenant.

M'invitant d'un geste à le suivre, il m'entraîna dans un salon meublé de confortables sièges en cuir vert olive. Garnis de coussins du même beige que la couleur du tapis qui couvrait presque la totalité du sol, ils s'accordaient au mobilier constitué de bois enchâssé de verre, d'un pur style moderne. Le soleil ne se coucherait pas avant une heure et il s'invitait dans la pièce pour l'inonder de lumière.

Me délestant de ma bouteille pour la poser sur la table, Dimitri m'informa :

— Sylvia travaille pour mes parents depuis des années. C'est une fabuleuse cuisinière et une femme d'intérieur hors pair. Mais Cédric n'aime pas la voir traîner après son service. Naturellement, tu restes pour le dîner.

Il se comportait en hôte charmant, et je me surpris de nouveau à le trouver sympathique.

— Assieds-toi sur le divan, ajouta-t-il en s'affalant sur un fauteuil. Et tutoyons-nous avant que Cédric ne se moque de notre attitude maniérée.

— Ça m'ira très bien, répondis-je en souriant.

Je réalisai soudain que tu m'avais dit *tu* dès les premiers instants sur la plage, comme un gosse de ta génération. Attendri par ce souvenir, je ne pus m'empêcher de partager ma réflexion.

— C'est vrai qu'il m'a tutoyé tout de suite. Il semble plutôt sociable.

— Sociable n'est pas le terme que j'emploierais pour le définir, répliqua ton amant. Mais s'il te fait cet effet, c'est que le courant est effectivement passé entre vous. Et c'est bien.

L'ouverture d'esprit de Dimitri me surprenait. Elle allait dans le sens que j'attendais, toutefois je l'admirais. À sa place, je n'aurais sans doute pas été capable de montrer tant de bienveillance à l'égard d'un étranger intéressé par toi.

— Quel âge lui donnes-tu ? enchaîna-t-il.

— Entre dix-huit et vingt ans, à peine.

— Hum, grogna-t-il avec un œil amusé. Compte tenu du fait que nous sommes maintenant en couple depuis cinq ans, tu m'accuses carrément de détournement de mineur.

Gêné, je me rattrapai tant bien que mal, sans pour autant faire preuve d'hypocrisie, car l'idée qu'il évoquait me dérangeait.

— Il est adulte à présent, mais je préfère ne pas vous imaginer ensemble cinq ans en arrière.

— Oh ! quelle franchise, m'interrompit-il en riant. Alors je vais te mettre à l'aise tout de suite. En fait, Cédric a vingt-cinq ans. Il fait partie de ces gens sur lesquels l'âge ne semble pas avoir de prise, mais ce sont bien ses vingt-six bougies qu'il soufflera en septembre.

Sa précision me rassura et je me sentis idiot. Moi qui pensais flasher sur un adolescent, voilà que la réalité te transformait en mon aîné de trois mois. Ma stupidité s'inscrivit sans doute sur ma figure, car Dimitri poursuivit d'un ton apaisant.

— Tout le monde fond sous le charme de son joli visage, et tout le monde croit que je l'ai séduit au berceau. Observer les autres réagir à l'annonce de la durée de notre relation est d'ailleurs devenu un jeu entre nous. Et comme tout le monde, tu es tombé dans le panneau. Un conseil cependant, ne le traite jamais comme un enfant si tu tiens à garder son amitié.

Décidément ce type était formidable. J'allais avoir beaucoup de difficultés à le détester si nous devions tourner simultanément autour de toi. Et malheureusement, quelque chose me disait qu'il n'était pas partageur. Pas dans tous les domaines en tout cas. La porte du fond qui s'ouvrit interrompit fort à propos mes réflexions moroses. Enfin, tu te montrais. Chemise déboutonnée sur ton torse pâle et jean moulant.

La gorge soudain plus sèche, je te regardai approcher. Beau, mystérieux et inaccessible. Cela faisait longtemps que j'avais appris comment aborder qui me plaisait, mais face à toi, je perdais tous mes repères. Il me semblait avoir de nouveau quinze ans et je revivais mes premiers émois. Tu n'avais pourtant rien d'une diva sûre de l'effet produit par son apparition. La réserve presque bougonne exprimée par tes grands yeux sous tes cils à demi baissés ne m'avait pas échappé. À nouveau, tu me donnais l'impression d'être un jeune fauve qu'il me fallait apprivoiser.

— Bonjour, Cédric.

Je jugeai aussitôt mon entrée en matière trop cérémonieuse et pas du tout en phase avec le sentiment que je désirais provoquer.

— Salut. C'est Dimitri qui t'a demandé de passer ?

La froideur de ton accueil me doucha et je tentai de t'amadouer de la seule façon possible.

— Je peux revenir une prochaine fois si tu préfères.

— Non, tu peux rester. Je déteste simplement que l'on me dicte ce que je dois faire. Et j'en connais un qui le sait très bien, achevas-tu à l'adresse de ton amant d'un ton sec.

Prudent, celui-ci s'abstint de répondre.

— Considère ceci comme un premier enseignement, ajoutas-tu en te retournant vers moi. Je n'ai pas à proprement parler de travail à horaires fixes. En conséquence, je peux m'atteler à celui-ci à n'importe quel moment, et c'est justement ce qui arrive ce soir. Alors j'espère que tu n'as rien contre le fait de demeurer seul avec Dimitri le temps que je boucle ce que j'ai à faire. Et je préfère te prévenir que s'il t'a invité à dîner, nous risquons de passer à table fort tard.

Comment pouvais-tu égrener un rire aussi joyeux près de la mer et te montrer si revêche à d'autres moments ? Tu me mettais d'emblée dans une situation inconfortable, mais tu semblais tolérer ma présence, et je me concentrai sur le bonheur de partager ton intimité, tout épineux fût-il.

Ton compagnon posa soudain ses doigts repliés sur ses lèvres pour masquer son sourire. Il me laissait me dépatouiller avec les aléas de ton caractère, testant visiblement ma capacité à m'intégrer à tes côtés. Il m'observait avec beaucoup d'amusement. Si je ne voulais pas te voir disparaître immédiatement, c'était à moi de relancer la conversation et une information me revint brusquement en mémoire. Tu m'avais parlé d'écriture lorsque nous nous étions présentés sur le rivage, et je te demandai :

— Tu écris ?

Face à ton regard étonné, je précisai :

— Tu as fait allusion aux lieux isolés qui conviennent le mieux à ce genre d'occupation sur la plage.

Touché. La façon dont tu me dévisageais maintenant prouvait que je piquais ton intérêt.

— Tu te souviens de ça ?

— Je me souviens toujours de ce qui a trait à mes amis, répliquai-je avec aplomb. Et j'espère devenir le tien.

— Personnellement, j'ai déjà adhéré au cercle amical, commenta Dimitri en sourdine.

Refusant de prêter attention à ses propos, tu rétorquas en éludant en partie ta réponse.

— Je suis publié depuis quatre ans, et ça marche suffisamment pour ne pas avoir besoin d'un travail annexe.

Un écrivain publié et vivant de sa plume ? Cette espèce d'oiseau rare existait encore sous notre latitude ? Je connaissais la difficulté d'une telle réussite. Émilie, ma sœur aînée, avait un temps caressé l'envie de quitter son poste de professeur de lycée agrégée en économie pour tenter l'expérience. Elle s'illustrait dans une série d'aventures pour enfants qui se vendait bien aux dires de son éditeur. Elle en tirait de petits revenus, appréciables en tant que treizième mois, mais nettement insuffisants pour subsister décemment tout au long de l'année. Si j'en jugeais au prix de ta chemise, tout semblait rouler pour toi sur ce plan. À moins que Dimitri ne t'entretienne.

Déterminé à en apprendre davantage, j'étalai une curiosité qui n'avait rien de feint.

— Et tu écris dans quel genre ?

— Le thriller, plutôt noir. Mais ne compte pas sur moi pour te dévoiler mon pseudonyme. Pas ce soir en tout cas.

Ton manque d'ego m'étonna, comme la moue de Dimitri qui paraissait me conseiller de ne pas insister. Un détail que je rangeai dans la section *« à élucider plus tard »* quand tu t'installas sur le canapé que j'occupais. À bonne distance, mais le corps néanmoins tourné vers moi. Dieu que l'intensité de ton regard était soudain difficile à soutenir.

— Et si nous ouvrions cette bouteille ? intervint Dimitri.

Brisant notre échange visuel pour lui sourire, tu acquiesças.

— D'accord. Finalement, l'écriture attendra.

Quelques minutes plus tard, nous bavardions agréablement tous les trois. Apparemment, j'avais réussi le test. Impression que me confirma ton amant en levant discrètement son verre dans ma direction.

Les semaines suivantes, je revins fréquemment vous voir. Une sorte de rituel incontournable s'instaurait. Je devenais l'élément stable de vos soirées passées au manoir. Contrairement à ce que je redoutais, vous sortiez peu. Tout au moins, pas aussi souvent que vos moyens et les relations que je vous supposais ne me le laissaient imaginer. Heureux de vos façons casanières, je te fréquentais à loisir quand mon propre travail s'achevait.

Tu t'installais en général dans l'une des pièces les plus fraîches pour écrire, dès que le soleil commençait à décliner. À partir du moment où je ne te distrayais pas par mon bavardage, tu acceptais ma présence. J'en profitais pour lire. Je me débrouillais simplement pour m'asseoir légèrement en biais derrière toi, afin de pouvoir observer ton profil en tournant les pages.

Dimitri appréciait également de passer de longs moments de calme à tes côtés. Plus encore quand il rentrait d'une réunion sur Paris ou d'un déplacement de quelques jours à l'étranger. Respectueux de ton besoin de silence créateur, il arrivait souvent que nous nous éloignions pour discuter ensemble, et malgré la réserve que j'essayais de maintenir entre nous, notre amitié se développa.

Dimitri manifestait une attention certaine vis-à-vis de toi. Pour ne pas heurter la petite bourgeoisie locale que vous fréquentiez, vous demeuriez néanmoins prudents dans vos gestes l'un envers l'autre à l'extérieur. La plupart des gens que je rencontrais ignoraient la teneur exacte de votre relation, bien que tous paraissaient en ressentir les effluves. Votre discrétion semblait toutefois appréciée. Une situation en demi-teinte, que je ne jugeai pas vraiment idyllique, et face à laquelle je te voyais froncer tes fins sourcils. Je te donnais mille fois raison, mais je me gardais bien d'intervenir. En te scellant mes sentiments, j'avais parfaitement conscience de me retrancher également derrière une bonne dose d'hypocrisie, et je n'avais pas envie de disserter sur le sujet.

Globalement, j'aimais le cocon qui nous entourait. Tu ne manifestais rien d'autre que de l'amitié à mon égard, et je respectais trop Dimitri pour entreprendre quoi que ce soit. J'en souffrais, mais pour rien au monde je n'aurais brisé une harmonie qui se consolidait chaque jour davantage. Elle seule me permettait de t'approcher en toute impunité, quelles que soient les pensées que je nourrissais vraiment. Et je préférais vivre les affres d'un amour secret que de me voir privé du bonheur de ta compagnie.

Le géologue convoqué avait confirmé la dangerosité du terrain, tout en affirmant que le chemin n'était en rien le problème principal. Si le sol devait bouger, tout s'effondrerait en même temps. Quant au sentier, mis à part la forte inclinaison de sa pente et l'absence de rambarde de sécurité, il demeurait praticable si l'on se montrait très prudent. Il pouvait néanmoins brusquement disparaître dans l'éboulement majeur qui menaçait. Quand ? Dans trois jours, un mois ou dans dix ans, personne n'était en mesure d'apporter une réponse précise.

Suivant la personnalité de chacun, la raison conseillait de garder ses distances ou poussait à compter sur sa chance. Or je savais déjà que tu appartenais à la deuxième catégorie et cela me souciait. Malgré mon désir de t'apercevoir plus souvent, j'espérais que Dimitri te convaincrait de renoncer à emprunter ce chemin. Naturellement, il n'en fut rien. Tu tenais à conserver ta liberté de mouvement et personne ne te dicterait par où passer. À notre surprise, tu acceptas cependant deux concessions. Tu continuerais de prendre le bateau par temps calme et tu m'inviterais à t'accompagner pour naviguer lors des absences de ton compagnon. De sages décisions qui te valurent un sulfureux baiser, auquel j'assistai en cachant tant bien que mal mon dépit de ne pas en être l'auteur.

Respectant la parole donnée, tu me contactais dorénavant par SMS chaque fois que tu souhaitais te rendre au port, et tu attendais pour cela que je sois rentré du travail. J'aimais te rejoindre alors que le soleil des longues journées d'été nous offrait la perspective d'une promenade en tête à tête. Mis à part si tu me bipais un week-end, la marée nous interdisait souvent de débarquer sur la plage, mais tu semblais apaisé et tu te contentais d'observer les dauphins de loin.

De son côté, Dimitri se débrouillait pour être là le plus souvent possible. Au point que j'enviais sa vie de cadre en congés pratiquement trois jours sur quatre. Une incongruité qu'il devait à sa position de fils de famille et qui lui permettait de te bichonner comme rarement j'ai vu un compagnon le faire. Lors de ses séjours à la villa, vous aviez l'habitude de rester des heures sur la grève par beau temps. Je m'apercevais néanmoins qu'il le faisait davantage par amour pour toi que par caprice personnel.

Si une trop forte houle s'invitait alors que tu te trouvais seul, tu poussais la porte de mon jardin à dix-sept heures trente précises. Mis à part une pluie battante, rien ne te retenait de descendre sur la plage. Je détestais ces journées humides. Le sol détrempé par le crachin rendait la roche du sentier glissante et je redoutais que le vent modéré se transforme en bourrasques.

Régulièrement j'essayais de m'interposer quand tu traversais le terrain. Régulièrement tu me défiais d'un sourire de t'accompagner. Régulièrement je déclarais forfait face à la difficulté de l'entreprise. Et régulièrement je me faisais un sang d'encre tant que tu n'étais pas remonté.

Rien ne me comblait davantage que les moments que nous partagions au manoir. Prétextant d'aller chercher une boisson fraîche, ou de rentrer me mettre à l'ombre quand Dimitri t'invitait à flâner le long de la piscine, je m'arrangeais souvent pour vous surprendre dans votre intimité. Dissimulé derrière le rideau d'une des portes-fenêtres donnant sur l'arrière de la maison, je vous observais en tâchant de me satisfaire de l'éclat de ton rire.

Il existait incontestablement une alchimie complexe entre vous. Une de celles capables d'unir deux personnes au-delà d'une simple attirance physique ou de caractère. Tu l'aimais et il t'aimait. Avec passion et sans restriction. À ma grande déception, force m'était d'admettre l'intensité partagée de cet amour. Tissé de tendresse et de sensualité complice, il semblait indéfectible. J'assistais en témoin direct à l'une de ces histoires dont tout le monde rêve. Après plusieurs semaines de relations approfondies, je vous connaissais mieux, et j'entrevoyais un liant supplémentaire à celui du seul bonheur de vous compléter dans la solidité de votre rapport. Un de ceux exploités par l'adversité.

Un soir que Dimitri et moi bavardions sous l'auvent végétal d'une gloriette alors que tu écrivais au salon, je lui livrai franchement mon interrogation sur ce point.

— Il y a des moments où je me dis que Cédric vient tout droit d'un siècle ancien. En apparence, il parle et se comporte comme une personne de notre époque, et cependant, j'ai rarement rencontré quelqu'un de si casanier aussi jeune. C'est étrange. Il a pourtant tout pour se rendre populaire.

Sirotant un verre dans le transat installé à côté du mien, ton compagnon m'évalua d'un long coup d'œil avant de répondre.

— Cédric a appris à fuir les autres.

Cette phrase portait en germe une foule de questions que ma curiosité résuma en quelques mots.

— Que lui est-il arrivé ?

— Il ne m'appartient pas de te le révéler. S'il désire que tu le saches, il t'instruira lui-même. La seule chose que je puisse te dévoiler, c'est que c'est à cause de ça qu'il s'est mis à écrire. Il a commencé très jeune et son talent ne s'est jamais démenti.

J'avais fini par démasquer le pseudonyme sous lequel tu te cachais, et mon étonnement s'était mué en admiration en découvrant la renommée de tes livres. Tu étais effectivement célèbre dans la sphère des amateurs de thrillers. Trois romans publiés en l'espace de quatre ans, dont un best-seller en passe de pulvériser les ventes des meilleurs écrivains américains du genre. Tous aussi sombres, tous aussi haletants et tous porteurs d'une description de notre société apte à nous démoraliser durablement.

Comme beaucoup, le matraquage médiatique entourant ton dernier ouvrage avait fini par m'alpaguer. Je l'avais lu quelques mois avant notre rencontre et énormément aimé. À l'époque, je m'étais également interrogé sur le mystère dont se nimbait l'auteur. Invisible sur les salons, refusant de participer aux émissions littéraires, n'accordant pas d'interviews et ne diffusant aucune photo. Les initiales C. R. te servant de pseudonyme ouvraient sur tous les possibles. Homme ? Femme ? Par la dureté de certains propos, j'imaginais davantage un homme, au vécu plutôt bien tassé derrière lui.

Jamais je n'aurais cru que quelqu'un d'aussi jeune soit capable de retranscrire tant de noirceur avec un esprit clinique si affiné. Et découvrir qu'il s'agissait de toi m'avait bouleversé. Tes personnages torturés possédaient une telle présence.

Je n'avais rien d'un vrai littéraire, mais à travers l'expérience de ma sœur aînée, j'avais appris qu'un auteur se projetait toujours plus ou moins dans ses écrits, même inconsciemment. Le réalisme des souffrances de tes héros m'interpellait, tout comme l'aveu en forme d'énigme de Dimitri. À quel genre de drame avais-tu été confronté plus jeune ? T'étais-tu retrouvé le témoin d'un meurtre ? Avais-tu côtoyé un psychopathe ? Emporté par les divagations de ma propre imagination, je me voyais mal t'interroger de but en blanc sur ce délicat sujet. Ce jour-là, j'essayai néanmoins d'en découvrir davantage en provoquant les confidences de ton amant.

— C'est à cause de cela qu'il désire tant conserver son anonymat ? Parce qu'il redoute d'aller vers les autres ?

— En partie, oui, me confirma-t-il. Il ne tient pas à dévoiler sa vie aux journalistes. Mais c'est aussi à cause de son frère. Celui-ci n'apprécie guère sa carrière d'écrivain.

Ainsi tu avais un frère. Intrigué, j'ouvrais la bouche sur une nouvelle question quand, jetant un regard derrière moi, Dimitri me mit en garde.

— Cédric arrive. Changeons de sujet.

# Chapitre 3 : Au gré des confidences

C'est ainsi que s'instaura notre vie à trois, bancale, et néanmoins source de joie partagée. L'écriture et les dauphins demeuraient au cœur de tes priorités et je m'adaptais en cherchant à te plaire. Curieux, je tentais de te deviner plutôt que de t'affronter de front dans tes mystères. Cette année-là, le soleil resplendissait sur la côte normande, et tous les soirs, je te rejoignais sur le port. Août touchait à sa fin. Dimitri avait dû s'absenter la semaine entière et je te chaperonnais, suivant notre accord.

Nous cabotions non loin du rivage pour atteindre la crique. La marée montante nous interdisait d'y aborder sans danger, mais je ne m'inquiétais pas. Depuis que je t'accompagnais, tu respectais la parole donnée en te montrant d'une sagesse exemplaire. Gagner la petite anse sans poser le pied sur la plage, simplement pour apercevoir un aileron ou voir l'ombre furtive d'une longue silhouette passant sous le bateau, comblait ton attente.

Le moteur à l'arrêt, une fois de plus tu guettais l'apparition timide de tes compagnons des mers. Nous dérivions lentement vers le large. Il faisait encore très chaud et nous avions quitté nos chemises. Installé en vis-à-vis, je ne me lassais pas d'admirer la rondeur de tes épaules, le délié glabre de ton torse et le dessin peu marqué des abdominaux de ton ventre plat.

Un sourire doux effleurait tes lèvres. Le regard tourné vers l'horizon, tu m'offrais une expression calme. Profitant de ce moment de détente, j'osai t'entretenir d'un des sujets qui m'intriguait le plus.

— Pourquoi refuses-tu obstinément de dévoiler qui se dissimule derrière C.R ?

— Je me demandais quand tu allais te décider à m'en parler, répondis-tu en posant les yeux sur moi.

Ma remarque n'avait pas l'air de te surprendre outre mesure. Déconcerté, je répliquai :

— Tu savais que je connaissais ton secret ?

— Dimitri me l'a dit.

— Dimitri devrait apprendre à tenir sa langue, maugréai-je.

— Dimitri me dira toujours tout si je le questionne. C'est une promesse entre nous. Ne rien se cacher.

Tu me regardais soudain avec une telle intensité que je m'interrogeai sur ce qu'il avait pu te révéler d'autre. À la vitesse de l'éclair, je repassai nos discussions en revue. Elles ne me parurent heureusement rien receler de gênant, mis à part s'il avait compris l'intérêt réel que je te portais. Élément dont je doutais, compte tenu du plaisir qu'il prenait à ma compagnie. Néanmoins, tes yeux conservaient un éclat de douce ironie, et je ne pus m'empêcher de te sonder.

— Et il t'a rapporté autre chose ?

— Non. Pourquoi ? Il aurait dû ?

— Absolument pas, éludai-je. C'est simplement que votre manière de fonctionner me surprend.

— Alors il va falloir t'y habituer, répondis-tu en souriant. Tu fais partie de la famille à présent. Et si ça peut te rassurer, sache que nos bavardages resteront entre nous trois.

J'appréciais cette mise au point qui m'intégrait de façon complète dans votre vie. J'en percevais cependant clairement la limite te concernant. Profitant du passage d'une mouette, je détournai un instant la tête pour te cacher mon dépit. Apparemment aveugle à mon esquive, tu poursuivis d'un ton égal.

— Quant à ma célébrité, te voilà en position de force. Tu as le pouvoir de balayer la quiétude de mon existence si tu le désires.

— Jamais je ne ferai une telle chose ! rétorquai-je un peu trop vivement en replongeant mon regard dans le tien.

— Alors, tu ne diras rien ?

— Non, rien, réaffirmai-je avec fermeté. Je préfère savourer ta présence en égoïste. Tant pis pour tes fans.

Ton rire salua ma réplique. Dieu, que j'aimais t'entendre rire.

Mis en confiance par ma réaction, tu décidas de te livrer un peu.

— Écrire me permet d'évacuer en partie ce que je n'arriverais jamais à exprimer dans une conversation ordinaire. Je suis naturellement heureux que mes histoires plaisent aux autres, mais je n'entretiens aucune sorte d'amour possessif envers elles. À partir du moment où elles trouvent leur public, je considère qu'elles m'échappent et je me sens libre de me tourner vers autre chose. Je les vois avant tout comme un moyen facile de gagner de l'argent et de vivre comme je le désire.

L'explication de ton repli me laissait un goût d'inachevé, mais tu venais de t'épancher, et connaissant ta propension à éviter la question, j'aurais été bien mal inspiré d'insister avec lourdeur. Je préférais essayer de te cerner en passant directement par le biais de tes écrits. Tu m'indiquais fort à propos que tu te dissociais de tes textes. Je me sentais donc en droit de t'interroger sur ceux-ci, quitte à toucher par ricochet l'auteur en toi. Tout résidait dans la manière d'aborder le sujet. En tant qu'expert dans l'ordre des mots, un romancier devait en avoir conscience, et je répondis en espérant ne pas te froisser.

— J'ai lu ton dernier livre avant de savoir qui tu étais. Je viens de commencer le premier. Tu racontes des histoires passionnantes, mais elles sont très sombres.

— Notre monde est loin d'être tendre, répliquas-tu. J'observe, je vois, et j'ai la chance de ne pas trop mal retranscrire. Considère que je ne suis que le simple catalyseur du visage de notre société à un instant T.

Ton commentaire ne manquait pas de logique, et pourtant j'aurais juré la vérité plus complexe. Le fait que tu te raidisses en me l'expliquant le prouvait. J'hésitais à poursuivre quand un mouvement près d'une des pointes crayeuses attira ton attention. Aussitôt, ton expression redevint joyeuse tandis que tu t'écriais en pointant le doigt :

— Regarde ! Ils sont là-bas !

Effectivement, trois dos gris clair apparaissaient au-dessus des vagues. Ton sourire rayonnant m'interdit de continuer mon interrogatoire. Néanmoins, l'envie d'en apprendre davantage sur toi me taraudait, et je plaçai Dimitri sous le feu de mes questions dès son retour, le week-end suivant notre sortie en mer.

Nous avions décidé de passer ces deux jours ensemble, comme nous le faisons de plus en plus souvent, et je me trouvais avec lui dans la cuisine, à enlever le papier cellophane sur les plats préparés par Sylvia. Nous terminions de dresser la table en attendant que tu finisses d'écrire, quand je lui demandai à brûle-pourpoint.

— Cela fait longtemps que tu connais Cédric ?

Comme souvent lorsque je m'intéressais à toi, il marqua d'abord un moment de silence observateur avant de répondre.

— Je l'ai rencontré alors qu'il n'avait que douze ans. Nos pères respectifs étaient amis. Sans se concerter, ils nous avaient traînés tous les deux sur le même terrain de golf. Ils pensaient nous initier à leur passion, mais ils ne sont arrivés qu'à nous en détourner définitivement. Cédric et moi détestons ce sport. À l'époque, j'avais dix-sept ans et je ne songeais qu'à retrouver mes amis pour faire de la moto. Quant à Cédric, eh bien, disons qu'il avait aussi d'autres chats à fouetter. Donc forcément, ce jour-là, même si nous n'avions pas grand-chose à nous raconter, ça nous a rapprochés. Nous avons passé une partie de l'après-midi ensemble à faire front contre l'autorité parentale en refusant de poser un pied sur le green.

— Il me semblait que tu ne l'avais pas séduit au berceau, ne pus-je m'empêcher de le brocarder.

— Et crois bien que je ne l'ai pas fait, répondit Dimitri en riant. Ce n'était qu'un sale gosse à ce moment-là. Beau comme un ange, certes, mais boudeur et prenant la mouche pour un rien. Personnellement, je savais déjà que j'aimais les garçons. Néanmoins, il était non seulement bien trop jeune, mais il réagissait de façon si épidermique quand on tentait de rentrer dans sa bulle que je le trouvais franchement antipathique.

Une confidence qui ne manquait pas de me surprendre, tout en aiguisant ma curiosité. Jetant un coup d'œil dans le couloir pour m'assurer que tu n'arrivais pas, je poursuivis mon interrogatoire.

— Et comment en es-tu venu à démasquer son côté merveilleux ?

— Je te l'ai dit, nos parents étaient amis, et l'été de mes vingt-deux ans, nous nous sommes retrouvés sur l'Île Maurice pour passer des vacances ensemble. C'était également un moyen pour mon père de se rapprocher davantage de celui de Cédric pour ses affaires. Je commençais à bosser pour l'entreprise familiale et il estimait que je devais être de ce séjour. C'est là que j'ai découvert le véritable Cédric. Un ado au cœur sensible, capable de tenir des propos au-dessus de son âge, mais aussi très solitaire. Un gamin de dix-sept ans souvent abandonné à lui-même sous couvert de son caractère taciturne. Il m'a fait énormément de peine et je suis allé vers lui. Il n'avait plus rien de l'enfant capricieux de mon souvenir. Nous sommes devenus amis. Ensuite, je l'ai perdu de vue durant trois ans. Jusqu'à ce qu'il me demande de l'héberger.

— De nouvelles vacances improvisées ? émis-je au hasard.

— J'aurais préféré, m'informa Dimitri en poussant un faible soupir. Ses parents s'étaient tués l'année précédente dans un accident de voiture, et il s'entendait de plus en plus mal avec son frère aîné. Après une dispute supplémentaire, il venait de claquer la porte. Il ne savait pas où se réfugier. Naturellement j'ai accepté de l'accueillir, sans me douter qu'il ne faudrait que quelques semaines pour que je tombe éperdument amoureux de lui. Seulement, Cédric n'a jamais été très facile à cerner. À cette période, j'ignorais tout de son orientation sexuelle. Je redoutais de le perdre en me déclarant, et bien qu'il ne fréquente personne d'autre mis à part moi, je craignais qu'il soit exclusivement hétéro.

— Et tu as réussi à le séduire ?

— En fait, c'est lui qui a débloqué la situation, me révéla ton amant en retrouvant le sourire. Il avait parfaitement noté mon manège et il s'amusait à me voir manœuvrer. Jusqu'au moment où il m'a pris en pitié. Il m'a alors avoué avoir flashé sur moi l'été de ses dix-sept ans. Depuis, nous ne nous sommes plus quittés.

Je trouvais ça remarquable, terriblement romantique, et atrocement décourageant pour moi. Détournant les yeux, je disposais des serviettes près des assiettes quand Dimitri ajouta :

— Il est beau, n'est-ce pas ?

Sa question me surprit et je répondis spontanément.

— Oui.

— Il te plaît ? insista-t-il.

— À qui ne plairait-il pas ? répliquai-je en me demandant où il voulait en venir.

Prenant le temps de poser un plat de salade sur la table, il sembla m'oublier quelques instants. Mais lorsqu'il releva son regard sombre sur moi, je sus que notre conversation allait adopter un tournant encore plus inattendu.

— Il a eu quelques aventures avant moi, commença-t-il. La plupart se sont mal finies. Principalement parce que sa famille n'a jamais admis qu'il soit homo. J'ai de la chance. Mes parents m'ont toujours accepté tel que je suis et ils apprécient Cédric. Mais il conserve de cette période une blessure qui le pousse à surenchérir dans la provocation si on l'attaque sur notre sexualité. D'un côté, il déteste s'exposer, et de l'autre il n'hésite pas à prêter le flanc dès qu'il imagine qu'on le juge. Au risque d'en souffrir. C'est une des raisons pour lesquelles je ne fais rien pour l'inciter à sortir davantage. Avec toi, au moins, je sais qu'il n'a rien à craindre.

J'aurais juré que ses paroles allaient au-delà de mon ouverture d'esprit. Légèrement sur la défensive, je l'interrogeai.

— Qu'est-ce qui te fait dire ça ?

— La façon dont tu le regardes. Si tu l'ignores, tu es attiré par les hommes. Mais je doute que tu ne le saches pas, acheva-t-il sans me quitter des yeux.

Jusqu'à présent, je m'étais débrouillé pour éviter d'aborder la question. Mon manque de relations féminines pouvait s'expliquer par mon arrivée récente dans la région et l'encombrement de mon emploi du temps. Partagé entre mon travail et les heures que je vous accordais, il me restait peu de place pour mener à ma guise une vie intime. Je me retranchais donc derrière ces deux points pour brouiller l'orientation de celle-ci et cacher mon penchant pour toi. C'était oublier un peu vite la vigilance toujours à l'affût de Dimitri lorsqu'il s'agissait de te protéger.

Où désirait-il en venir ? La meilleure façon de le découvrir résidait sans doute dans ma participation à ces confidences, et je répliquai d'un ton que j'espérais détaché :

— Tu as vu juste. Mes parents l'ignorent et je ne tiens pas à les mettre au courant. Ma famille est conservatrice. Je ne pense pas qu'ils me rejetteraient, mais cela leur ferait de la peine. Ma mère est d'une santé fragile. Je ne veux pas la perturber avec ça. Seules deux de mes sœurs sont au courant. Cela les ennuie, mais elles m'aiment suffisamment pour avoir caché mes frasques d'étudiant. Je suppose qu'elles m'aideraient à annoncer la nouvelle à mes parents et à mes deux autres sœurs si je trouvais une relation stable.

Il parut heureux de ma franchise et il enchaîna :

— Cédric n'a pas eu notre chance. Son père a découvert son attirance pour les hommes alors qu'il embrassait un type l'été suivant celui que nous avons passé ensemble. Il l'a très mal pris. Au point de le frapper à coups de ceinturon jusqu'à ce qu'il ne puisse plus se relever. Il a tellement meurtri son dos qu'il n'a pas pu marcher durant plusieurs jours. Donc j'apprécie doublement un mec comme toi. Parce que tu peux le comprendre et que tu ne le jugeras pas.

Ce qu'il m'apprenait me désolait. Je n'avais jamais suivi de cours de psychologie, mais je m'expliquais un peu mieux certaines de tes façons *borderline*.

— En principe, je ne suis pas partageur, poursuivit Dimitri. Toutefois, s'il devait m'arriver quelque chose, j'accepterais avec joie de le savoir entre d'autres mains. De bonnes mains. Des mains comme les tiennes.

Sa répartie me stupéfia et je répondis sans cacher ma gêne.

— Il me plaît, d'accord, mais pas au point de te voir disparaître.

C'était néanmoins m'avancer de manière un peu hypocrite tant je rêvais de te serrer un jour entre mes bras. Dimitri le perçut-il ? Son sourire en coin et son regard perspicace m'embarrassèrent une fois de plus.

— Rassure-toi, répliqua-t-il comme si de rien n'était. Je n'ai pas du tout envie de te céder la place. Disons que c'est une simple sécurité pour l'avenir. Mon meilleur ami a été fauché par une voiture voilà trois ans. Comme ça, sans que rien ne prévienne. Je sais que ça n'a aucun rapport, mais la brutalité de sa mort m'a rappelé la prédiction d'une vieille femme en Afrique. Elle m'a affirmé que ma vie serait courte. Je ne crois pas vraiment en ces choses-là, néanmoins ce qui est arrivé à mon ami m'a obligé à réfléchir.

Notre conversation prenait un tour vraiment étrange. Moi qui appréciais l'intelligence et la pondération de Dimitri, voilà qu'il me sortait des remarques morbides, voire stupides, et je me récriai :

— Ne raconte pas de bêtises ! Personne ne lit l'avenir. Ceux qui prétendent le contraire ne font qu'exploiter la crédulité et la peur des gens.

Incroyablement, je vis poindre un éclair de gratitude dans ses yeux. Lui que je considérais comme l'un des hommes les plus cartésiens que je connaissais avait besoin d'être rassuré.

— C'est aussi ce que je me dis, répliqua-t-il en retrouvant un air moins sérieux. Cependant si un jour je ne suis plus là, j'aimerais que tu tentes ta chance avec lui. Seul, Cédric n'arrivera jamais à affronter ses vieux démons, et j'ai confiance en toi.

Vieux démons ? Que devais-je comprendre ? Une fois de plus, ton amant évoquait cette ombre dans ton passé sur laquelle il refusait de s'épancher Je souhaitais l'interroger davantage. Me déniant ce droit, il me tourna le dos pour s'occuper du vin. Ce jour-là, je restai sur une question et une mise au point un peu déroutante.

Le temps s'égrenait doucement. Août s'acheva, puis septembre. Octobre apporta les premiers frimas et des coups de mer plus fréquents. Bravant les vagues plus fortes, vous sortiez régulièrement en bateau pour gagner la plage. Pour ma part, écouter ton rire de la maison me ravissait toujours autant. Lorsque Dimitri s'absentait et que la météo se gâtait, tu apparaissais moins souvent au bout du jardin. J'avais fini par te convaincre du danger que représentait le sentier, et surtout de mon désarroi s'il devait t'arriver quelque chose. Tu n'avais rien répondu, te contentant de hocher la tête en me dévisageant, mais au moins tu ne descendais plus quand il bruinait. Je voyais cela comme une victoire. Ma victoire.

Fréquemment, je continuais de passer à la villa. Votre vie me paraissait douce, et la mienne tellement insignifiante loin de votre présence. Vous étiez ma drogue. Je possédais maintenant un double de la télécommande pour ouvrir le portail, et je vous rendais visite sans m'annoncer. Sylvia me considérait comme un habitué. Elle ne faisait plus cas de ma venue et me laissait vaquer à ma guise, tout comme Frédéric, le jardinier. Tous les deux quittaient généralement leur travail vers dix-sept heures, me permettant ainsi de fusionner plus facilement dans le confort de votre relation.

Je rejoignais le plus souvent votre maison à pied. L'automne conviant la pluie fréquemment, il m'arrivait de dormir chez vous.

Vous auriez pu me raccompagner en voiture, mais me proposer de choisir l'une des onze chambres d'invités était devenu une sorte de cérémonial. Apparemment, vous appréciiez de me garder autant que j'aimais m'incruster, et si à cette époque je n'ai pas déménagé, c'était uniquement parce que Dimitri tenait à afficher l'exclusivité de votre amour. Il m'avait demandé de prendre soin de toi, mais il refusait que l'on nous croie tous trois en ménage. Tout au moins pas officiellement, car je savais qu'il laissait planer une ambiguïté lorsque quelqu'un se permettait de l'interroger là-dessus. Un comportement que j'assimilais à l'époque à une façon de se moquer du monde.

De ton côté, tu ne faisais rien qui m'eût laissé miroiter que je t'intéressais au-delà de notre amitié. Une situation claire qui me frustrait terriblement. Alors je t'espionnais. Retardant mes entrées dans les pièces que vous occupiez, j'observais tes attitudes avec Dimitri. Il y avait longtemps que tu ne refrénais plus tes gestes de tendresse envers lui en ma présence. Néanmoins, tu ne lui offrais les plus intimes que loin de mes regards. Comme t'asseoir sur ses genoux pour l'embrasser à pleine bouche, ou te coller à lui par-derrière pour l'enlacer telle une liane sensuelle et insistante.

Trop troublé pour m'interroger sur la raison de ta réserve à mon égard lors de ces démonstrations affectives, alors que par ailleurs tu n'étais pas particulièrement pudique quand je te croisais dans la salle de bain, je vivais ces instants par procuration, en imaginant que je me trouvais à la place de ton compagnon. J'agissais petitement et n'en retirais aucune gloire, mais j'avais besoin de m'immiscer au plus près de toi.

Une nuit, alors qu'une insomnie m'avait amené dans la cuisine pour boire un verre d'eau, un long gémissement de bien-être m'interpella. Les chambres proposées aux invités se situaient à l'opposé de celles réservées aux propriétaires, et je ne vous avais encore jamais surpris au cours de vos ébats. Le cœur battant, je m'aventurai dans le couloir d'où provenait une si douce musique.

La porte de votre chambre demeurait entrouverte. Je m'approchai à pas de loup. Une lampe de chevet allumée près du lit diffusait une lumière tamisée parfaite pour votre activité. Une main en appui contre le chambranle, je retins mon souffle le temps de voler quelques minutes de votre intimité.

Allongé nu, les yeux mi-clos et la respiration rapide, tu cambrais les reins pour t'offrir davantage à la bouche de Dimitri qui léchait ton ventre. Il chevauchait tes cuisses en clouant tes bras sur le drap le long de ton corps, et l'image de vos doigts crochetés ébranla le mince espoir que je conservais de te conquérir, tant elle trahissait la passion qui vous liait.

Ta peau si pâle se nimbait d'un léger voile de sueur sous celle aux reflets d'ébène de ton amant. Occupé à aiguiser ton désir, Dimitri me tournait le dos, et une once de lucidité me certifia qu'il valait mieux qu'il ne m'aperçut pas. Mais toi, tu me faisais face et j'observai à loisir la montée du plaisir sur ton beau visage. La bouche de ton compagnon glissa soudain au creux de ton aine, te tirant à nouveau ce doux roucoulement qui affolait mes sens.

Porté par la vague d'excitation qui te submergeait, tu rouvris brusquement grand les paupières. Noyés de volupté, l'éclat troublé de tes iris aigue-marine me chavira davantage. Je les vis néanmoins retrouver un aspect incisif quand, un instant, nos regards se croisèrent. Arraché à ma contemplation par la certitude de m'être laissé surprendre, je me détournai aussi vite que mes gestes me le permirent sans alerter Dimitri.

La gorge sèche et l'esprit en déroute, je vécus les secondes qui suivirent en me demandant ce que j'allais bien pouvoir dire si ton compagnon surgissait derrière moi. Mais rien ne vint trahir le bruit d'un mouvement différent de ceux qui vous occupaient dans le froissement des draps, et le ballet erratique de vos souffles rapides se poursuivit dans la chambre tandis que je m'éloignais. Pour une raison qui m'échappait, tu conservais le silence.

Le lendemain, j'oubliai lâchement l'heure du petit déjeuner que nous prenions généralement en commun. Évitant même de croiser Sylvia, je descendis à la cuisine où flottait une bonne odeur de café chaud. Je ne savais pas comment t'aborder, et je poussai un long soupir de consternation en m'asseyant seul devant le bol, les céréales, la confiture et le jus d'orange laissés à mon intention sur la table. J'ignorais à qui je devais cet étalage, mais cette personne avait parfaitement repéré mes goûts.

— Eh bien, le réveil semble plutôt difficile, dis-moi.

Sursautant au son de ta voix, je relevai le nez. Appuyé contre l'encadrement de la porte, les bras croisés, un brin d'ironie au fond du regard, tu me dévisageais en souriant.

— Bonjour, marmonnai-je, incapable d'affronter notre problème de front.

Je devais présenter un air si piteux que ton rire clair s'éleva.

— Tu verrais ta tête.

Au moins, tu ne te fâchais pas.

— Je n'aurais pas dû, regrettai-je. Je te prie d'accepter mes excuses.

T'esclaffant de nouveau, tu commentas en entrant dans la pièce :

— Et maintenant voilà qu’il s’excuse.

Confus, je m’attendais à devenir le jouet de ton humeur moqueuse. Cela n’aurait été que justice, et je me tus tandis que tu me tournais le dos pour empoigner la cafetière. Un court répit qui vola en éclats quand je te vis t’attabler en face de moi, une tasse à la main. Avalant ton breuvage à petites gorgées, tu te contentais de me regarder de façon amusée. Mal à l’aise, j’attaquai mes céréales pour me donner une contenance. Ton silence me déconcertait. Enfin, tu repris la parole en posant ta tasse sur ta soucoupe.

— Si je t’en voulais, je n’aurais pas préparé ton petit déjeuner. Considère cela comme une offre de paix. Quoiqu’en l’occurrence, c’est plutôt toi qui devrais m’en faire une. Alors comme ça, tu penches vers le voyeurisme ?

Découvrir que tu me prêtais suffisamment d’attention pour ne pas te tromper dans mes préférences alimentaires me ravissait, tout autant que ta question rajoutait à mon embarras.

— Oui, enfin non ! m’emmêlai-je en manquant m’étouffer sur ma dernière bouchée. C’est juste que ce genre de chose ne me dérange pas. Mais ne va pas croire que j’aime systématiquement épier les autres. Je remontais de la cuisine, j’ai entendu du bruit, et je…

— Hé, calme, m’interrompis-tu en souriant. Je ne te demande aucune justification. Je veux simplement te mettre à l’aise. Il n’y a pas de mal pour hier soir. Et pour que tout soit clair, Dimitri a sans doute perçu ta présence avant moi. Il pense néanmoins que l'information passera mieux si c'est moi qui te l'apprends.

Je dus pâlir affreusement, car tu ajoutas avec un nouveau rire :

— Il est jaloux, mais apparemment pas de toi. Alors tout va bien. Il est persuadé que tu ne recommenceras pas.

— Non, je ne recommencerai pas, répétai-je en adoptant le ton d'un enfant de cinq ans pris la main dans un pot de confiture.

Naturellement, tu enfonças le clou.

— Tu sais que tu as vraiment l'air ridicule là ?

Je n'en doutais pas, et je me raccrochai comme je le pus à ma dignité pour demander :

— Cela ne t'ennuie réellement pas, c'est vrai ?

Toujours souriant, tu répliquas :

— Dans le cas contraire, Dimitri t'aurait déjà fait raccompagner à la grille. En général, je n'ai rien d'un exhibitionniste, mais ta tête de ce matin me paie au centuple le moment d'égarement que j'ai bien voulu t'accorder.

Ainsi tu étais consentant. Vérité ? Mensonge ? Je m'attendais tellement peu à ce genre de confidence que je retrouvai tout mon aplomb pour répondre en t'admonestant presque.

— Tu es parfois difficile à suivre.

— Pourquoi ? Parce que je suis capable de passer du rire aux larmes ou de me révolter sans raison apparente ?

La rudesse de ton objection me surprit. Déconcerté, je conservai le silence. Mais oui, j'avais appris qu'un homme devait faire preuve de davantage de retenue dans son comportement passé un certain âge. Redevenu sérieux, tu me regardais à présent d'une manière différente. Comme si tu hésitais à me révéler la cause de cette part d'ombre qui te dévorait. Et brusquement, tu te lâchas.

— Je le dois à ma mère. À cause d'elle, je n'arrive qu'une fois sur deux à ajuster mes réactions aux événements. Durant des années, il a fallu me taire, faire semblant de ne rien ressentir, de ne rien voir, de m'accommoder de ses changements d'humeur et de m'accoutumer à la brutalité de ses disparitions. À dix ans, j'affrontais la curiosité des autres comme si je ne savais rien. Mais le pire, c'était quand elle était là. Éviter de la contrarier m'obligeait à étouffer ma colère, mon chagrin. Lorsqu'elle partait dans ses délires, elle ne tolérait pas davantage ma joie. Pendant des années, j'ai dû mentir à mes proches et me satisfaire d'une mère qui refusait que je sorte ou que j'aie des amis, parce qu'une part d'elle-même se pliait à une volonté qu'elle pensait incontournable.

Effaré par ce que je découvrais, je me gardai bien de t'interrompre. Baissant les yeux comme si ta confession devenait insupportable, tu poursuivis avec une dureté que je jugeai dangereusement tournée contre toi-même.

— Passer du rire aux larmes, c'était exactement la façon dont elle fonctionnait. Sans sommation, et souvent sans raison. Je la détestais dans ces moments-là. J'étais trop jeune pour lui tendre la main. Il y a des attitudes qu'on ne rattrape pas. Dimitri m'a appris à montrer ce que je ressens réellement. Elle se comportait comme je le fais parfois, mais ce n'était pas pour les mêmes raisons. Je ne désire qu'exprimer ce que je suis. Toutefois, j'ai bien conscience de blesser quelquefois ceux auxquels je m'adresse, et je suis désolé si tu en as fait les frais.

Je m'attendais si peu à ce genre de confidences que je ne savais pas quoi répondre. L'indiscrétion de la nuit jouait-elle à ce point en ma faveur, ou bien le devais-je à ma réaction ridicule ? Toujours est-il que tu m'accueillais entièrement dans ta bulle.

— Je ne veux pas lui ressembler, achevas-tu d'un ton bas en relevant les yeux.

Ton regard perdu me perturba. J'ignorais à quoi tu faisais réellement allusion et je conservai un silence révélateur. Alors, tu avouas :

— Ma mère était schizophrène. Pour une raison qui m'échappe, elle a toujours refusé de se soigner correctement. Mon père l'aimait, mais à la fin, il a dû la faire interner. Plusieurs fois. J'avais l'impression de retrouver une mère normale quand elle rentrait. Durant quelques mois elle suivait son traitement, et puis, sans raison, elle l'abandonnait. Alors tout recommençait. Dans ces périodes-là, je l'évitais. Je ne suis pas sûr de l'avoir réellement aidée. Mon frère me hait à cause de ça.

Si j'en jugeais par la froideur de tes dernières paroles, l'évocation de ton aîné te pesait visiblement. Depuis que Dimitri m'avait révélé son existence, c'était la première fois que tu me parlais de lui. Une preuve de plus de ta confiance, qui m'émut au-delà de la peine que je ressentais pour toi. La souffrance où t'engluaient tes souvenirs me poussait à détourner la conversation. La certitude de l'exception que tu m'accordais me dictait le contraire. Si je voulais te protéger des affres de ce passé, il me fallait en savoir davantage. Me maudissant d'ignorer la blessure de ton regard, j'enfonçai le clou.

— Ainsi tu as un frère.

Un instant je te sentis rétif et je craignis de t'avoir perdu. Voilant tes yeux sous tes longs cils, tu répondis enfin en triturant nerveusement l'anse de ta tasse.

— Oui, un frère aîné. Un demi-frère par notre mère pour être précis. Nous avons quinze ans d'écart. Il s'appelle Yvan. Il travaille dans la finance et il n'apprécie que modérément ma carrière d'écrivain. La mort de nos parents m'a laissé une jolie somme qu'il s'emploie à faire fructifier et je pourrais vivre à ne rien faire. Mais je n'ai pas l'intention d'arrêter de coucher des histoires sur le papier. Encore moins de publier, ce qui l'ennuie profondément. Les artistes n'ont rien à faire dans le monde tel qu'il le définit. De plus, mes idées le dérangent. Sans Dimitri, je ne sais pas ce que je serais devenu, et je n'aurais certainement pas écrit un best-seller. Je l'aime et il m'inspire.

Ta déclaration aurait dû m'assombrir. Elle me soulagea. Tu avais trouvé un roc auquel te raccrocher. J'en étais heureux pour toi.

— Tant de talent gâché si son chemin n'avait pas croisé le tien, répliquai-je spontanément. Cela aurait été bien dommage.

Étonné, tu relevas les yeux sur moi.

— Tu le penses vraiment ?

— Oui.

Mes paroles ressuscitèrent ton lumineux sourire, et il n'en fallut pas plus pour balayer le sentiment de jalousie qui m'animait envers ton compagnon. Je venais d'avoir un aperçu des difficultés ayant parsemé ta vie et, avant tout, je désirais t'apporter la quiétude. Quitte à me sacrifier pour cela. Je t'aimais tellement.

Dieu que je t'aimais. Ton expression soudain ravie me payait au centuple. J'ouvris la bouche pour t'assurer de mon entier dévouement et de mon soutien si le destin te confrontait à de nouveaux problèmes, mais tu m'arrêtas.

— Ne dis plus rien. Avec Dimitri, tu es le seul à qui j'en ai parlé. Tu as été parfait jusque-là, alors n'allons pas plus loin. Je refuse de m'épancher davantage.

Naturellement, je me pliai à ta volonté.

— D'accord.

Et les semaines, puis les mois, reprirent leur course. Novembre nous offrit encore de belles journées en mer. Nous fêtâmes Noël tous les trois, ainsi que le 1er janvier. En février, je demandai des vacances pour vous suivre au carnaval de Nice. Nous passions toujours la majeure partie de notre temps libre ensemble. Je vous présentai à trois de mes sœurs et je rencontrai certains de vos amis. La vie me souriait. Mon travail me plaisait, ma famille acceptait mon indépendance, l'hiver limitait tes incursions dans le jardin. Je vivais ton bonheur par procuration et je n'éprouvais plus cette ambivalence envers Dimitri. Jusqu'à ce jour de mars, où nos destins basculèrent…

# Chapitre 4 : Jour de tempête

Ce matin-là, je traînais dans la salle de bain sous le jet d'eau chaude qui me massait le dos, quand la sonnerie de mon portable me sortit de la douche. Nous étions dimanche, et je n'attendais aucun appel, mis à part le tien si l'envie de rejoindre la plage te titillait. Un coup d'œil sur le cadran de ma montre posée près du lavabo m'apprit qu'il était encore trop tôt pour cela. Ta propension à te transformer en marmotte dès que tu touchais l'oreiller te tirait rarement du lit avant dix heures, et ce n'était pas l'allongement des jours en mars qui allait y changer grand-chose.

Je n'en saisis pas moins mon téléphone avec une certaine appréhension. Dehors, les nuages gris envahissaient l'horizon et le vent froid qui les accompagnait se renforçait depuis quelques heures. En principe, depuis la mise en place de notre accord informel, tu évitais de t'aventurer sur le sentier par une météo aussi épouvantable. En principe… L'élément qui m'inquiétait résidait dans l'absence de Dimitri.

Il était parti depuis cinq jours.

Normalement, il aurait dû rentrer la veille. Il t'avait contacté alors que nous passions la soirée ensemble pour te prévenir qu'il n'arriverait pas avant le lendemain. Ton humeur s'en était immédiatement ressentie et tu avais retrouvé ce regard triste que je n'aimais pas. Vous viviez dans une telle symbiose qu'une séparation prolongée était exceptionnelle. En général, Dimitri s'arrangeait toujours pour écourter ses déplacements, quitte à s'y reprendre à deux fois lorsque les affaires de son père l'exigeaient. Tu supportais déjà mal un éloignement de plus de trois jours. Celui-ci devait te paraître interminable, et j'avais été à deux doigts de t'imposer ma présence en dormant à la villa.

Endossant rapidement mon peignoir, j'eus juste le temps d'appuyer sur la touche d'appel avant que la sonnerie ne s'interrompe. Je n'avais pas vérifié qui me téléphonait, mais suite à cette impression de manque qui t'accablait depuis la veille, je ne voulais pas rater un contact de ta part, même si l'heure matinale s'y prêtait mal. Redoutant de t'entendre raccrocher, je me manifestai un peu précipitamment.

— Allo ?

— *Bonjour, Alban. C'est moi.*

En reconnaissant la voix de ton amant, un sentiment de soulagement me submergea. Non seulement je n'allais pas devoir gérer une escapade dangereuse, mais il me donnait la possibilité de l'instruire de ton mal-être loin de tes oreilles indiscrètes. Après tout, ne m'avait-il pas chargé de veiller sur toi ?

— Dimitri ? Mais qu'est-ce que tu fous ? Si tu ne reviens pas très vite, Cédric va nous péter un câble. Et je n'ai pas du tout envie de le voir emprunter le sentier menant à la plage dans cet état. Surtout par le temps qu'il fait.

*— C'est pour ça que je t'appelle. Il faut que tu le canalises.*

— Moi ? Et comment veux-tu que je m'y prenne ? Tu es bien placé pour savoir qu'il n'écoute qu'une seule personne. Pourquoi n'es-tu pas rentré hier soir ?

La communication n'était pas excellente, et je tendis l'oreille pour entendre sa réponse.

*— J'ai eu un problème. Rien de grave, mais j'ai dû faire un détour et celui-ci va me retarder encore quelques heures. Je pense néanmoins vous rejoindre en tout début d'après-midi. Si je te contacte, c'est que j'aimerais que tu me rendes un service.*

Un détour ? Quel détour routier pouvait justifier un tel retard ?

— Cédric se ronge les sangs, le rabrouai-je. J'espère au moins que tu l'as appelé avant moi pour le prévenir que tu n'arriveras pas ce matin.

Laconique, sa réplique me parvint.

*— Non.*

— Comment, non ? répétai-je sans cacher le désagrément de ma surprise.

*— Il dort certainement à cette heure-là, et je ne veux pas le déranger.*

Son excuse puait le prétexte à dix mètres et j'eus un blanc d'incompréhension avant de renchérir.

— Je doute qu'il ait le sommeil très lourd. Il s'inquiète. Tu devrais vraiment l'appeler.

Contre toute logique, Dimitri s'entêta.

*— Non, et je refuse aussi que tu lui dises que nous nous sommes parlés. Il faut juste que tu t'assures qu'il ne fasse pas de bêtises avant mon retour. En fait, mon déplacement à Biarritz était bidon. Je pensais réellement rentrer hier, mais le temps m'a joué un sale tour.*

Un instant, je restai à nouveau interdit. Le vent avait certes énormément soufflé sur une partie du pays durant la nuit, mais pas au point de proscrire la circulation en voiture. Et la sienne était une berline suffisamment grosse pour résister aux pires rafales. De ces propos étonnants, je n'en retins cependant qu'un seul, qui me braqua immédiatement.

— Tu as menti à Cédric.

Conscient du ton scandalisé de ma réplique, il se mit à rire avant de m'expliquer :

*— Oui, mais c'était pour la bonne cause. Bien que ce ne soit pas pour le travail, je me suis réellement rendu à Biarritz. Il me fallait récupérer ce que je lui ramène. J'aurais pu le faire livrer, mais la surprise n'aurait pas été la même. Ne m'en veut pas de ne pas t'avoir mis dans la confidence. Tu as toujours été incapable de conserver un secret le concernant. Il aurait suffi qu'il t'interroge avec sa mine de gamin boudeur pour que tu lâches le morceau. Venant de ma part, là il ne se doute de rien. Seulement à cause de mon retard, maintenant il s'inquiète. Et si je lui téléphone, il va me tanner jusqu'à ce que je lui révèle la vérité.*

Je ronchonnai pour le principe. C'était vrai. J'avais généralement beaucoup de difficultés à te dissimuler quelque chose. Au point d'avoir trahi la surprise du cadeau que Dimitri t'avait choisi pour ton anniversaire. Une indiscrétion que je payais aujourd'hui. À l'autre bout du fil, ton amant reprit néanmoins d'un ton plus soucieux de me ménager.

*— Ne le prends pas mal, Alban. Demain, cela fera six ans que Cédric et moi sommes ensemble, et je tiens vraiment à marquer le coup. Tu sais combien il compte pour…*

Un grésillement brouilla soudain la communication qui par moment n'était déjà pas excellente.

— Allo ? Dimitri ? Tu m'entends ?

Heureusement, la fréquence se rétablit rapidement.

*— Oui, c'est bon. Je suis là.*

Curieux, je demandai :

— Où es-tu ?

*— En plein océan. Enfin, je cabote plutôt le long des côtes. Ce qui me permet de te joindre. Cédric a toujours rêvé de faire le tour du monde en bateau. J'ai fait construire un petit voilier tout ce qu'il y a de confortable. Un monocoque, à l'image de celui qu'il décrit dans l'un de ses bouquins. Celui-ci est juste parfait pour naviguer à deux d'un port à l'autre. Mon père accepte de m'accorder une période de congés indéterminés si je m'investis davantage dans l'entreprise en rentrant. Cet intermède sera idéal pour que Cédric finisse d'écrire son prochain livre dans un merveilleux contexte, et je le préparerai à une vie plus sociale lors de nos escales.*

De son enthousiasme, je ne retenais qu'une seule chose : vous alliez partir…

Pendant de longues secondes, je conservai le silence tandis qu'une question pirouettait follement dans mon esprit : un tour du monde, cela prenait combien de temps ? Tout dépendait de la route que vous suivriez, de la durée de vos étapes à terre et de la météo. Autant de paramètres qui m'accablaient. Je n'osais imaginer le nombre de semaines, de mois qui s'écouleraient entre votre appareillage et le jour où nous nous reverrions. Où je te reverrais. Pour autant que vous décidiez de revenir en Normandie. Les îles tropicales étaient si belles.

Mon mutisme obligea Dimitri à se manifester.

— *Alban ? Tu es toujours là ?*

— Oui, oui. C'est juste que je suis surpris.

À l'intonation de ma voix, il comprit immédiatement l'orientation de mes pensées.

— *Ne le prends pas mal, mais cette fois-ci l'espace sera trop confiné pour que tu viennes avec nous. Jusque-là, tu as été parfait et tu demeureras toujours notre ami. Cela n'a rien d'un adieu.*

— Oui, je me doute. À partir du moment où tu te rends disponible à temps plein, tu n'as plus besoin d'un baby-sitter, résumai-je un peu sèchement.

Un silence gêné s'installa avant qu'il ne me détrompe en partie.

— *Je te procurerai un téléphone satellitaire. Ainsi tu pourras nous contacter quand tu voudras. J'ai également l'intention de t'inviter à nous rejoindre à certaines de nos étapes. Naturellement je payerai tous tes frais.*

Sa façon de s'excuser m'obligea à me sentir ridicule, et je décidai d'affronter la réalité.

— Ça va, Dimitri. Je comprends, vous êtes en couple et tu désires le gâter. J'accepte le téléphone, mais je ne vous envahirai pas durant vos escales. À ta place, je ferais pareil.

La brutalité de cette évidence me permit de ravaler un peu ma frustration. Oui, à sa place, j'aurais fait pareil. Et sans doute bien plus tôt, jaloux que j'aurais été de te partager avec un amoureux transi tel que moi.

— Quand partez-vous ? demandai-je en forçant ma neutralité.

*— Le temps de finir de régler quelques impondérables du côté de mon père, d'ici deux à trois semaines,* répondit-il. *Mais je tiens surtout à lui montrer le voilier aujourd'hui, tu comprends ?*

— Oui, je comprends très bien. C'est votre anniversaire de mise en couple. Dis-moi seulement ce que tu attends de moi.

Durant une fraction de seconde, je crus déceler un soupir de soulagement à l'autre de bout du fil avant qu'il ne réplique :

*— Rassure-le. Sans lui préciser où je suis, et encore moins ce que je ramène. Tu penses arriver à le faire ?*

— Oui, le tranquillisai-je. Maintenant que je connais les sujets à éviter, je contournerai plus facilement sa curiosité.

*— Bien, alors débrouille-toi pour l'emmener à Fécamp. Descends avec lui sur le port où nous laissons habituellement le hors-bord. La profondeur est suffisante pour l'amarrage du voilier. J'ai déjà réservé sa place de port. Il y a un très bon restaurant juste en face. Je devrais accoster d'ici trois ou quatre heures. Arrange-toi pour déjeuner avec lui à ce moment-là. Je te quitte. Le temps se gâte. Si je veux rentrer à temps pour lui faire la surprise, il faut que je reprenne la barre.*

À nouveau très mauvaise, la communication s'interrompit sur ces mots. Durant une minute, je restai à fixer bêtement le téléphone entre mes mains. Ce que Dimitri m'annonçait m'effondrait. Mais j'avais promis de l'aider, et je le ferais.

La toiture de la maison gémit soudain sous l'assaut d'une bourrasque particulièrement violente. Un coup d'œil par la fenêtre m'apprit que la houle se renforçait. Un instant je m'angoissai en songeant que Dimitri naviguait sur cet océan démonté, puis je me souvins qu'il était excellent marin et qu'il ne prenait jamais de risques inconsidérés. Me raccrochant à sa bonne étoile, je chassai de mon esprit la crainte qu'il renonce à la prudence pour rentrer plus vite vers toi.

Quatre heures plus tard, nous dînions en tête à tête, attablés dans un restaurant que le mauvais temps vidait d'une grande partie de sa clientèle habituelle. Installés près de la baie vitrée qui donnait sur le port, nous avions une vue parfaite sur la tempête qui à présent faisait rage.

Te convaincre de me suivre en ville n'avait pas été facile. Tu te morfondais de l'absence de Dimitri, et surtout tu te souciais de son silence. Un peu plus tôt, c'était à peine si ma présence avait paru éveiller ton intérêt lorsque j'étais arrivé à la villa. Tu traînais une humeur encore plus sombre que la veille, et il m'avait fallu m'admonester pour conserver le secret réclamé par ton amant. Si je n'avais pas eu peur de finir par vendre la mèche en te dorlotant, pour un peu, je t'aurais serré dans mes bras.

J'avais fort heureusement bénéficié de l'aide inattendue de Sylvia. Également préoccupée par ton état, elle pensait visiblement qu'une sortie te changerait les idées. À nous deux, nous avions réussi à secouer ton apathie et sitôt ta veste enfilée, je t'avais embarqué dans ma voiture. Tu avais systématiquement négligé toutes mes tentatives de discussion durant le trajet, et un silence pesant nous avait accompagnés jusqu'à Fécamp. Forçant mon naturel, j'avais poussé la porte du restaurant devant toi en faisant le clown. Un exploit qui m'avait attiré un pâle sourire, mais un sourire tout de même.

À notre arrivée, le vent se renforçait, et des objets pas toujours identifiés volaient de temps à autre dans la rue. Ne tenant pas compte de l'insistance du patron qui nous encourageait à nous installer au fond de la salle, je m'étais arrangé pour que le serveur nous place devant la plus grande vitre. La mer de plus en plus démontée me laissait craindre un nouveau retard de Dimitri, et mon choix s'était porté sur le menu le plus étoffé pour prolonger le repas. De ton côté, tu t'étais contenté de chipoter dans ton assiette deux plats commandés au hasard sur la carte.

Malgré ma bonne volonté, j'avais épuisé tous les sujets de conversation auxquels tu avais néanmoins répondu une fois sur deux. Ta participation évasive m'apprenait au moins que tu m'accordais toujours un minimum d'importance. Loin de me réjouir, cette constatation m'enferrait dans le rôle odieux de celui capable de soulager ton angoisse en te révélant ce que je savais, mais qui devait se taire. Maudissant intérieurement ton compagnon, je me promis de lui faire payer au centuple cette mascarade plus tard.

Une fois de plus, le serveur se rapprocha pour remplir ton verre d'un Saint-Émilion du meilleur cru. L'air absent, tu portas aussitôt ce nectar à tes lèvres. Au regard entendu du garçon, nous passions sans doute pour des amis en phase de conflit, ou un couple en passe de rupture. Mal à l'aise, je jetai un autre coup d'œil sur la rade.

Certaines vagues semblaient atteindre une hauteur impressionnante au large. La digue ne les retenait plus, et celles qui déferlaient dans la baie moussaient d'une eau glacée qui envahissait le pavé. Les mâts des bateaux se balançaient dans tous les sens. Il devenait évident qu'aucune embarcation n'accosterait dans ces conditions. La plupart des marins devaient s'être réfugiés dans les ports les plus proches avant le gros de la tempête, ou avoir dévié en plein océan à la recherche d'une météo plus calme.

— Nous devrions rentrer, te manifestas-tu soudain. Si le vent se renforce, la route risque d'être coupée.

Tu avais raison. Nous n'étions pas à l'abri d'une chute d'arbre ou d'une vague de submersion. D'un autre côté, était-il bien prudent de prendre le volant par un temps pareil ? Sans compter mon inquiétude grandissante pour Dimitri. Qu'il n'ait pas repris contact avec moi s'expliquait sans doute par la violence des éléments. Mais le connaissant, il aurait déjà dû passer par un autre biais pour te rassurer, quitte à se débrouiller pour t'envoyer un message via la capitainerie du port. Son silence n'était pas normal, à moins qu'il ait décidé de tenter une approche dans ces conditions.

Contre toute logique, je m'accrochais à la vue de ce panorama dévasté en imaginant l'arrivée d'un petit voilier capable de vaincre la furie des brisants.

— Au contraire, attendons encore un peu, répliquai-je en me tournant vers toi. Le vent souffle trop fort. Les arbres sont nombreux sur notre parcours. Je n'aimerais pas en recevoir un sur le capot.

Étouffant un soupir, tu te rencognas contre le dossier de ta chaise en maugréant.

— Comme tu voudras. Mais la prochaine fois que tu désireras sortir, rappelle-moi de prendre ma voiture.

Ignorant ta mauvaise humeur, je ne me cachai plus pour fixer le paysage. De toute façon, tu ne t'intéressais pas vraiment à mon état d'esprit. Je souhaitais sincèrement que Dimitri se trouve en sécurité.

— Tu sais quelque chose ? me demandas-tu brusquement.

À présent, tu m'observais sous tes longs cils à demi baissés, comme tu le faisais toujours lorsque tu t'apprêtais à fondre sur un interlocuteur qui te semblait déloyal. Saisissant mon verre d'une façon que j'espérais naturelle, j'avalais une gorgée de vin avant de répliquer d'un air innocent :

— À propos de quoi ?

— De Dimitri. Cela fait plus de trois heures que nous sommes ensemble, et tu ne m'as pas parlé de lui une seule fois.

Cette erreur de débutant faillit m'arracher une moue significative que je retins à la dernière seconde. Comment avais-je pu oublier à quel point tu étais intuitif ?

— Son absence te pèse. Évoquer sa personne me paraissait une mauvaise idée, me défendis-je.

— Tu es sûr qu'il n'y a rien d'autre ? insistas-tu sans me quitter des yeux.

— Que voudrais-tu qu'il y ait ? Il va rentrer, mais par ce temps, il s'est sans doute arrêté.

— Il aurait dû me téléphoner, répondis-tu en saisissant la bouteille de Saint-Émilion d'un geste agacé. Ou tout au moins essayer de t'appeler à défaut de pouvoir me joindre.

Et me jetant un regard noir, tu te servis un nouveau verre que tu avalas d'un trait. Tu traînais une âme si lourde lorsque j'étais venu te chercher que tu avais oublié ton portable. Si Dimitri tentait de te contacter, il se heurterait d'abord à cette étourderie. Sylvia ne connaissait pas mon numéro, et de toute façon je ne lui avais pas précisé dans quel établissement nous allions déjeuner. Je me doutais que face à son échec, il passerait par moi, néanmoins cette histoire me turlupinait. J'aurais voulu te réconforter, tout autant que me rassurer moi-même, mais je ne trouvai rien à dire.

Quatre heures plus tard, nous étions enfin de retour à la villa. Le restaurateur avait fait tout ce qui était en son pouvoir pour nous retenir au plus fort de la tempête. M'exposant aux foudres de tes propos incisifs, je m'étais rangé à son avis. Je préférais mille fois passer pour un trouillard que de te mettre en danger ou de rater un signe providentiel de Dimitri. Si seulement j'avais su ce qui se déroulait ailleurs…

Un arbre tombé en travers de la route nous avait retardés en nous obligeant à faire un long détour, et nous rentrâmes en fin d'après-midi. Le portail ouvert attira immédiatement ton attention. Sylvia ou Frédéric n'auraient jamais oublié de le refermer en quittant leur service, et un fol espoir nous envahit le temps que dura le court trajet pour traverser le parc. En arrivant devant la villa, ton sourire disparut. Un gros 4X4 citadin stationnait dans la cour. Intrigué, je te lançai un regard auquel tu répondis sans que j'aie à poser de questions.

— C'est la voiture du père de Dimitri. Il ne s'éloigne jamais de Paris sans raison.

Ta voix suait l'angoisse et je compris que ce genre de déplacement n'avait rien d'anodin. Déjà tu t'extirpais de ton siège.

Sylvia apparut sur le perron alors qu'elle aurait dû être rentrée chez elle depuis plus d'une heure. Ses yeux rougis et le mouchoir qu'elle serrait entre ses doigts finirent de gonfler mes propres alarmes. Arrivé en haut des marches, tu la saisis un peu rudement par les épaules pour l'interroger.

— Que se passe-t-il, Sylvia ?

— Les gendarmes nous ont rendu visite juste après votre départ, répondit-elle en te couvant d'un regard désolé. Ils voulaient savoir où se trouvait monsieur Dimitri. Les secours en mer les ont avertis qu'un chalutier avait repéré un voilier en perdition. D'après le nom sur sa coque, ils ont pu remonter jusqu'à son propriétaire.

— Mais Dimitri n'a pas de voilier, voyons, répliquas-tu, un peu abasourdi.

— C'est ce que je leur ai dit. D'après les registres, il semble toutefois qu'il en aurait acheté un récemment. Il revenait de Biarritz avec. Ses parents ont également été contactés. Ils viennent d'arriver.

La relâchant, tu t'engouffras dans la maison en poussant un gémissement qui me fendit le cœur. Effondré par ce que j'apprenais, je te suivis. Un couple d'une soixantaine d'années se tenait dans le vestibule. Les cheveux grisonnants de l'homme ajoutaient à l'impression de force tranquille émanant de sa haute stature athlétique. Quant à la femme nettement plus petite qui l'accompagnait, les quelques rides de son visage n'altéraient en rien la délicatesse de ses traits. Une tristesse infinie se lisait dans leurs regards alors qu'ils t'accueillaient sans faire attention à moi.

Mal à l'aise, je m'arrêtai quelques pas en retrait. Je n'avais encore jamais rencontré les parents de Dimitri. Ton amant m'en parlait toujours avec beaucoup de tendresse, et je ressentais d'autant plus durement l'inquiétude qui devait être la leur. Il m'avait également rapporté en riant qu'il laissait aussi planer un doute sur la nature exacte de notre relation, ce qui ne m'aidait guère à m'ingérer dans vos retrouvailles.

À travers la conversation décousue qui se noua entre vous, je déduisis qu'ils avaient été prévenus voilà quelques heures par un ami travaillant pour les secours en mer. Ils s'étaient aussitôt précipités en Normandie, toutes affaires cessantes. Madame Douamage avait plusieurs fois essayé de te contacter en route, mais forcément son appel avait échoué. Cet oubli de portable prenait des proportions inattendues, et je m'en voulais d'autant plus de ne pas avoir fait attention pour toi à ce détail avant notre départ.

Si j'en jugeais à la petite valise posée à leurs pieds, ils nous précédaient seulement de quelques minutes. M'apercevant enfin, ils me saluèrent distraitement. Leur regard ne m'en transperça pas moins. Ils n'avaient rien d'hostile, mais ils me laissaient néanmoins comprendre que j'étais de trop. J'en eus l'impression d'autant plus nette quand tu prononças mon nom. À cause des sous-entendus amusés de Dimitri, je représentais pour eux la pièce rapportée sur laquelle cancanaient déjà beaucoup trop de personnes. À cet instant précis, je concevais parfaitement leur *a priori* défavorable. J'aurais dû m'éclipser. Sauf que je refusais de t'abandonner.

Derrière tes paroles tout en retenue, je te connaissais suffisamment pour deviner que tu contenais tes larmes. Ravagée par l'appréhension, la mère de Dimitri se lamenta.

— On ne sait jamais, il a très bien pu s'échouer quelque part.

Contre toute attente, je te vis la prendre dans tes bras pour la consoler en lui disant :

— Vous avez absolument raison. Il peut aussi avoir été récupéré par un autre bateau. Le chalutier dont parlait Sylvia n'était pas très distant.

— Oui, c'est cela, les marins s'entraident dans ces cas-là, appuya monsieur Douamage.

Un moment de silence pesant s'installa, durant lequel tu berças encore un peu madame Douamage contre toi.

— Nous allons à la capitainerie, enchaîna son époux à ton adresse. Tu viens avec nous ?

— Oui, j'arrive.

Aussitôt les parents de Dimitri s'éloignèrent en me saluant d'un coup de tête poli. Alors qu'ils rejoignaient leur voiture en échangeant quelques mots avec Sylvia, je restai les bras ballants au milieu du vestibule. Nous étions face à face, et je me sentais affreusement mal à l'aise.

— Tu le savais, n'est-ce pas ?

Mon mutisme gêné était en soi un aveu, et tes paroles suivantes tombèrent comme un couperet.

— Va-t'en ! Et ne remets plus jamais les pieds ici.

Les jours suivants, j'errai comme une âme en peine. Je me forçais le matin pour partir travailler et je tournais en rond dans mon petit pavillon en ressassant ma culpabilité le soir. La dureté de ton dernier regard me retenait de t'appeler, mais je n'en finissais pas de m'inquiéter pour toi.

Le voilier de Dimitri avait été retrouvé le lendemain de son ultime message, flottant la quille en l'air. À cause de la hauteur des vagues, le chalutier n'avait pas pu l'approcher durant la tempête. Il avait d'ailleurs lui-même dû filer pour trouver un abri. Quand enfin les secours avaient accosté l'épave, personne n'était plus à son bord. Et aucun radeau de survie n'avait été signalé à proximité. Les recherches en mer se poursuivirent activement durant une semaine, sans grand espoir.

Je m'en voulais terriblement. J'avais plus d'une fois désiré que Dimitri disparaisse, mais pas comme cela. J'osais à peine imaginer ton chagrin et je me demandais comment réparer le lien brisé entre nous. Car, aussi saugrenu que cela semble en la circonstance, je savais que Dimitri l'aurait souhaité. Je lui avais promis de veiller sur toi et je ne parjurerais pas ma parole, quoi qu'il m'en coûte.

# Chapitre 5 : Deuil et souffrance

Dix jours après la disparition de Dimitri, je t'aperçus en début d'après-midi alors que tu traversais le jardin pour gagner la plage. Nous étions samedi et un soleil resplendissant annonçait le printemps. Pas une seule fois tu ne te retournas. Avant, tu m'aurais appelé pour t'accompagner en passant par la mer. Ou tout au moins, tu ne te serais pas engagé sur le sentier sans vérifier que j'assurais tes arrières. Mais tout cela, c'était avant…

Le drame survenu brisait tous nos accords.

Je comprenais que tu n'aies pas envie de prendre le petit bateau pour rejoindre la grève. J'admettais aussi ton refus de me voir. La parole que j'avais donnée à Dimitri m'imposait toutefois de veiller à ce qu'il ne t'arrive rien. Et si elle ne l'avait pas fait, l'amour éperdu que j'éprouvais pour toi me le commandait.

Abandonnant la lecture du dossier que j'avais ramené du bureau pour m'occuper l'esprit, je nouai rapidement les chaussures de marche spécialement achetées pour affronter le chemin de la falaise. J'attrapai également le premier pardessus qui me tomba sous la main, que j'enfilai à la hâte sur mon pull avant de me ruer dehors. Naturellement, tu avais déjà disparu et j'approchai du vide le cœur battant, comme à chaque fois que tu descendais sans me laisser le temps de te suivre du regard.

En bas, la mer d'un bleu profond accordait la douceur de ses vagues à une brise marine tout juste perceptible, sur laquelle planaient de grands goélands. Deux chalutiers dessinaient leur masse caractéristique au large tandis qu'un voilier naviguait plus lentement. Le chant des premiers oiseaux nidifiant se faisait aussi entêtant que l'odeur des lilas qui embaumaient le jardin, et j'écartai nerveusement de mon passage une branche de pommier livrant les feuilles de ses bourgeons.

Une fois le tas de ronces dépassé, je repérai ta silhouette mince qui dévalait le sentier. Rapide et agile, tu bondissais littéralement d'une pierre à l'autre sans te soucier de celles qui roulaient sous tes semelles ni de ta vitesse excessive. Conscient de mon inutilité, j'observais ta progression avec une attention proportionnelle aux risques que tu prenais. Enfin tu atteignis la plage et mon souffle se libéra.

Retrouvant un pas plus sage, tu t'approchas de l'océan jusqu'à la limite du cordeau mouvant des vagues pour t'asseoir sur les galets. Insensible au renouveau printanier, j'entrepris à mon tour la dangereuse descente. Je détestais emprunter ce chemin, mais en l'occurrence, tu ne me laissais guère le choix. Je désirais te parler, et cette crique sans autre accès que ce sentier m'offrait une occasion unique.

Anxieux à l'idée que tu me repousses, je marchai droit vers toi. Sans chercher à me cacher, sans véritablement me montrer non plus. Essayant de me placer à la périphérie de ton regard, j'avançai en crabe pour finir par m'arrêter debout à tes côtés. Tu n'avais pas bougé d'un millimètre durant toute ma progression ni manifesté le moindre intérêt, et je me sentais aussi piteux que je devais en avoir l'air. De longues minutes s'écoulèrent, seulement troublées par le bruit du ressac et les cris des oiseaux. Mon instinct me soufflait que c'était à toi de t'exprimer en premier. Malheureux et angoissé, j'attendais ton bon vouloir. Lorsque tu ouvris enfin la bouche, je ressentis un instant d'allégresse que brisa la dureté de tes propos.

— Je t'en veux. Lors de ce dîner, nous aurions pu l'évoquer, et tu m'as empêché de parler de lui. Tu m'as ôté les derniers moments où m'entretenir de lui rimait avec bonheur.

Les yeux fixés sur l'océan, tu refusais de me regarder et ton dédain me fit mal.

— Crois bien que j'en suis désolé, Cédric. Mais je respectais une promesse. Il tenait tant à te faire la surprise.

J'avais conscience de la maladresse de mes excuses, toutefois je ne voyais pas ce que j'aurais pu dire d'autre qui aurait adouci ta peine.

— Je sais que tu l'as fait parce qu'il te l'avait demandé, répondis-tu en levant enfin ton visage vers moi. Cette fichue tempête aurait néanmoins dû t'inciter à réfléchir avant de rentrer dans son jeu.

Ta pâleur et le creux plus affirmés de tes joues me frappèrent. Ces détails passèrent cependant au second plan quand je m'ancrai dans la douleur inscrite au fond de tes iris clairs. Tu te noyais littéralement dans ton chagrin.

— Les recherches se poursuivent, te rappelai-je en me raccrochant au mince espoir existant encore. Lorsque les secours sont parvenus au bateau, le radeau de survie avait disparu. Il peut très bien toujours dériver en mer sans que personne ne l'ait aperçu.

Ta réplique claqua comme un reproche.

— Sur une des voies les plus empruntées de l'Océan Atlantique ? Arrête, Alban. Tu n'y crois pas toi-même.

Tu avais raison et je me tus en baissant honteusement le nez. Incapable de trouver des mots adéquats pour t'aider, je m'assis simplement à tes côtés. Durant de longues minutes, nous nous contentâmes de fixer la mer. Comme si rien n'avait changé.

La marée commençait à remonter, et j'eus bientôt mes chaussures et le bas de mon pantalon complétement trempés. J'attendis néanmoins de te voir te relever pour bouger. Plaquant les mains dans les poches de ton blouson en cuir, tu fis quelques pas vers le sentier avant de t'immobiliser sans rien dire. Tu semblais hésiter sur l'attitude à adopter à mon égard. Me portant à ta hauteur, j'osai enfin poser la question qui me brûlait les lèvres depuis des jours.

— Que vas-tu faire ?

Suivant le vol d'une mouette en approche, tu répondis d'un ton suintant la lassitude.

— Les parents de Dimitri m'ont suggéré de rester à la villa. Mais je ne veux pas. Je ne peux pas. Elle me rappelle trop de souvenirs. Continuer à y vivre comme si de rien n'était, dans ce décor où nous nous aimions, devient au-dessus de mes forces.

Ta décision n'avait rien d'étonnant, mais elle m'inquiéta.

— Où vas-tu aller ? insistai-je.

Secouant la tête, tu répliquas d'un air un peu perdu :

— Je n’en ai pas la moindre idée.

— Alors, viens à la maison, te proposai-je spontanément.

J’avais parlé sans arrière-pensée visant ma satisfaction personnelle, seulement soucieux de t'aider.

— Le temps de trouver un lieu plus adéquat, précisai-je quand ton regard se tourna vers moi avec suspicion.

Les quelques secondes durant lesquelles tu me jaugeas me parurent une éternité, et puis tu demandas :

— Tu es sérieux ?

— Oui, affirmai-je avec espoir. Le pavillon est loin d’être aussi grand que la villa, mais il possède quatre chambres, deux salles de bain, une bibliothèque, un salon et une vaste salle à manger qui donne du côté de la mer. Sans compter le petit bureau du bas. Tu pourras t’isoler autant que tu le voudras, me fuir également si tu le désires. Je te promets de ne pas t’imposer ma présence. Je te demande simplement d’attendre mon retour du travail si tu as envie de descendre sur la plage. Rien de plus. Et si cela te pèse, je ne te suivrai pas.

Après la blessure involontairement causée par ma cachotterie, tu avais toutes les raisons de décliner mon offre. Je guettai ta réponse comme un gosse de quatre ans attend celle qui lèvera la punition d’une grosse bêtise.

— C’est d’accord.

En la circonstance ton consentement n’avait rien de mirifique, mais je dus me mordre la langue pour masquer ma joie.

Dès le soir même, tu t’installas à la maison. Mis à part tes vêtements, quelques photos, ton ordinateur, quatre ou cinq cahiers et des livres, tes affaires se réduisaient à peu de choses. J'avais découvert depuis longtemps que tu refusais que Dimitri t'entretienne et que tu n'acceptais ses cadeaux qu'en de rares occasions, mais je suspectais ce dépouillement de sceller ton désir de couper les ponts avec les souvenirs d'un bonheur enfui trop lourds à porter.

C'était à la fois compréhensible et dommage. Compréhensible, car tu souffrais visiblement de tout ce qui te rappelait ton amant. Dommage, parce que tu risquais de regretter ce choix plus tard, quand la blessure de sa disparition cicatriserait. Tout du moins était-ce ce que je pensais à ce moment-là, persuadé que personne ne vivait la douleur d'une perte chevillée au corps durant des années.

Une de tes premières décisions fut de m'imposer de partager avec toi le paiement du loyer. J'essayai en vain de décliner.

— Nous sommes colocataires, répliquas-tu. C'est normal.

*In extremis* je me retins de dire que nous étions aussi amis. Jamais comédie n'aurait été plus grosse que celle-ci. J'ignorais si tu m'estimais encore comme tel après mon silence mensonger au restaurant. De mon côté, je te considérais toujours comme bien davantage.

Bien que les investigations pour retrouver Dimitri se réduisirent par rapport aux moyens engagés la première semaine, elles se poursuivirent encore durant une dizaine de jours. Il devenait cependant évident que plus personne ne croyait en la réapparition miraculeuse du radeau de survie manquant. Il ne s'agissait plus que d'acter la découverte d'un corps sur le littoral. Un espoir macabre dont nous évitions de parler lorsque nous nous croisions. Nous parlions d'ailleurs très peu à ce moment-là. Quand je rentrais, le calme de la maison me faisait craindre à chaque fois que tu l'aies désertée.

Invisible et discret, tu demeurais pourtant là, cloîtré dans ta chambre. T'espionnant un peu le week-end, je m'aperçus que tu passais la plupart de tes journées assis face à l'écran éteint de ton ordinateur, à fixer le vide, le téléphone à portée de la main. Tu réapparaissais néanmoins pour prendre tes repas avec moi. Étonnamment, tu les préparais à mon intention tous les soirs, et je voyais là un signe de réconciliation. M'enferrant dans le cocon que j'essayais de tisser pour te protéger, je t'évitais à mon tour pour ne pas avoir à évoquer Dimitri.

On ne retrouva jamais son corps. Pas plus que le radeau. Personne ne conservait plus aucun espoir. Sans dépouille, les autorités ne pouvaient toutefois pas le déclarer légalement mort. Il fut simplement porté disparu. Situation aussi étrange que douloureuse pour sa famille et ceux qui l'aimaient. Difficile de faire son deuil dans ces conditions. Les parents de Dimitri étant croyants, une messe commémorative fut cependant dite, à laquelle je t'accompagnai.

L'importance et le recueillement de l'assemblée à cette occasion me surprit. La nef et les transepts de l'église étaient pleins. Cette affluence allait certes de pair avec le nombre de relations des Douamage, mais elle composait aussi avec tout un tas de personnes réellement affligées, et je compris combien Dimitri était apprécié et populaire.

De ton côté, tu m'étonnas également. Tu ne parlais jamais de religion et tu ne manifestais apparemment pas le moindre intérêt pour les bondieuseries. Au début, je pensais que tu ne te pliais à cette sortie pénible que par politesse. Par respect envers celui que tu pleurais aussi. Et puis je m'aperçus que tu priais. Convictions réelles ou tentative consolatoire de circonstances, je n'ai jamais osé t'interroger à ce sujet. Pour ma part, et bien qu'issu d'une famille croyante, il y avait longtemps que j'avais perdu la foi, mais je n'en éprouvais pas moins tout le solennel émotif du lieu et du moment.

Un peu gêné, je me retrouvais à tes côtés sur les premiers bancs, avec la famille et les amis proches. J'appartenais à cette dernière catégorie, sans que cette caractéristique me vaille pour autant l'approbation des parents de ton amant disparu. Je les devinais méfiants. Ton installation chez moi ne passait apparemment pas et leur bienveillance s'en ressentait. Je n'avais pas manqué de remarquer la froideur de leur accueil à ton égard.

Me doutant de l'incertitude où les propos de Dimitri les plongeaient par rapport à notre relation, je pouvais les comprendre. Étant toutefois bien placé pour connaître la fausseté de ces soupçons, je trouvais cela injuste envers toi. Déterminé à te soustraire à cette pression, dès la célébration achevée, je te ramenai chez nous. Tu ne m'opposas aucune résistance et ce fut la dernière fois que tu rencontras la famille Douamage.

Un mois plus tard, tu commenças à mettre le nez dehors sans incitation de ma part. Tes premières promenades t'orientèrent naturellement vers la plage. Le drame survenu te détournait d'accéder à la plage par son côté maritime, sans compter la facilité qui s'offrait désormais à toi pour gagner le sentier. Je dus m'habituer aux nouvelles embardées désordonnées de mon cœur lorsque tu empruntais ce chemin. La douceur du printemps de ce mois de mai palliait heureusement un peu mon inquiétude. Et quand au premier jour de pluie je m'aperçus que tu t'abstenais de t'engager sur cette voie dangereuse, je caressais l'espoir que tu sois devenu enfin raisonnable.

Il m'arrivait souvent de te rejoindre dans le jardin, alors que tu écrivais assis à l'ombre du tilleul planté dans la cour du devant. Tu faisais mine de ne pas me voir. Tu acceptais cependant ma présence silencieuse à tes côtés. Comme autrefois.

Constater que tu renouais avec tes activités littéraires me soulageait. J'imaginais que celles-ci t'apportaient un exutoire pour évacuer ce qui te consumait. Durant cette période, j'aurais donné beaucoup pour lire en avant-première ce que tu confiais à ton ordinateur. Mais tu refusais de montrer tes textes à quiconque avant l'achèvement d'un roman, fut-ce à Dimitri du temps où il était encore là. Malgré la curiosité qui me dévorait, pour rien au monde je n'aurais risqué de briser la paix fragile qui s'installait en fouillant ton disque dur. Et une nouvelle routine s'instaura.

En août, nous avions pratiquement retrouvé nos anciens repères, à ceci près que nous nous abstenions de ces jeux de lutte idiots qui m'amenaient autrefois à te saisir la main de force pour récupérer un objet, ou à tenter de te déséquilibrer pour obtenir quelque chose avant toi. Des joutes d'adolescents refusant de grandir qu'arbitrait ordinairement Dimitri en riant. De même, je verrouillais dorénavant la salle de bain lorsque je prenais une douche, tout comme tu évitais de te promener nu au sortir de cette pièce.

La disparition de ton amant nous imposait une retenue qui, singulièrement, ne nous effleurait pas du temps de son vivant. Avant tout, il s'agissait pour moi de mériter le retour de ton amitié à travers le prisme de son approbation posthume. Détermination d'autant plus hypocrite que je ne nourrissais qu'une envie : te conquérir. Ligoté par les rets de mes propres contradictions, je ne m'interrogeai pas sur les tiennes, me contentant de veiller sur toi en admirant de loin ta silhouette dévêtue sur la plage. L'été s'y prêtait, et plusieurs fois je te rejoignis sur les galets. Tu ne m'avais pas interdit de le faire et je voyais là un autre signe de l'embellie de notre relation.

Cette année-là, les dauphins prirent l'habitude de se rassembler en fin d'après-midi à la pointe sud du mur de craie. À partir de ce moment, tu vins pratiquement les guetter tous les jours. Au nombre de trois, ils apparaissaient régulièrement alors que la marée montante leur permettait d'approcher au plus près du rivage. Le plus souvent, tu te contentais de les observer avant de t'avancer les deux pieds dans la mer. Mais si le temps s'y prêtait, tu n'hésitais pas à les rejoindre à la nage. Ils évoluaient autour de toi en se montrant de plus en plus familiers et tu les laissais te frôler sans appréhension. Grâce à eux, j'entendis à nouveau ton rire, et rien que pour cela, je muselai mes consignes de prudence.

Tu étais un excellent nageur, et je savais que l'instinct d'entraide de ces animaux les pousserait à te porter secours en cas d'ennui. J'étais toutefois incapable de leur accorder totalement ma confiance, et dès que je le pouvais, je te suivais malgré la traîtrise des courants. Les dauphins me toléraient, mais ils s'aventuraient rarement à m'entraîner dans leurs jeux comme ils le faisaient avec toi. J'enviais la complicité qui vous unissait et j'avais conscience du privilège qu'ils nous offraient.

En cas de grosse mer, tu restais le plus longtemps possible sur le rivage, ignorant la marée. Les vagues gagnaient rapidement et certaines t'accompagnaient parfois jusqu'au ras du sentier lorsque tu remontais. Je détestais quand tu bravais ainsi le danger. Tu n'étais pas à l'abri d'une déferlante plus puissante capable de t'entraîner vers le large.

Pour ma part, je regagnais le haut de la falaise dès que le cordon de galets se réduisait à moins de quatre mètres. Avais-tu seulement idée de ma fébrilité tandis que je patientais en attendant de te voir enfin grimper ? Te tancer n'aurait servi à rien, sinon à t'inciter à me défier en grappillant en bas quelques secondes de plus. J'avais beau apprécier la sérénité qu'ils restauraient en toi, ton esprit de provocation m'amenait de plus en plus souvent à maudire ces satanés dauphins.

De retour au pavillon, tu me parlais d'eux avec un enthousiasme qui me rappelait la passion des discussions que nous menions autrefois à trois autour d'un verre. La spontanéité de ton sourire en décrivant leurs acrobaties me forçait néanmoins à oublier les risques que tu prenais, et je conserve de ces instants de merveilleux souvenirs.

Ce n'est que le jour où mon travail m'amena à découvrir le cadavre d'un petit marsouin échoué sur une plage que je m'avisai réellement de la fragilité du lien qui te tirait vers la lumière. Les filets de certains pêcheurs faisaient des ravages. Sans pour autant s'adonner à une pêche illégale, ils ratissaient tout sur leur passage. Faute de possibilités de remonter respirer en surface, ou à cause de l'entassement qui les écrasait, la plupart des mammifères marins étaient morts avant d'être libérés.

Bien que parfaitement conscient de ce problème, tu ne soulevais jamais la question. Je doutais pourtant que cette réalité échappe à ton intelligence, et ton silence sélectif me préoccupait. Comment réagirais-tu si l'un de tes amis venait à disparaître, ou pire, si nous devions retrouver son cadavre dans la crique ? J'avais depuis longtemps appris à craindre les débordements de ton caractère entier et je redoutais ce genre d'incident. C'était peut-être le moment pour moi de t'inciter à prendre un peu de recul.

Les premiers jours de septembre me parurent tout indiqués pour cela. Le temps demeurait très beau, mais l'automne ne tarderait pas à ramener la pluie, le vent et les tempêtes. Je t'attaquai sur ce front un soir où nous dînions sur la terrasse.

— Tu comptes continuer à descendre régulièrement sur la plage ?

Picorant une bouchée de tomates en salade dans ton assiette, tu répondis sans précipitation.

— Pourquoi, ça te dérange ?

— Tant que la météo s'y prête, non, répliquai-je d'un ton que j'espérais suffisamment détaché. Mais ils annoncent une houle violente dans deux jours.

— Tu me crois assez fou pour tenter d'y aller dans ces conditions ? demandas-tu en reposant ta fourchette.

Tes iris clairs ne me lâchaient plus. Ton calme apparent ne me leurrait pas. Un seul faux pas de ma part et tu partais te cloîtrer dans ta chambre.

— J'aimerais surtout avoir la conviction que tu es assez sage pour ne pas le faire, reformulai-je en coupant une tranche de pain, comme si je ne remarquais rien. Je sais combien les dauphins sont importants pour toi, mais ils s'éloigneront fatalement à cause du temps. Cumulée à la force des courants, une mer démontée transforme ce rivage en endroit dangereux, même pour eux.

Nullement déstabilisé par ma répartie, tu te contentas de constater sans me quitter des yeux :

— Ils resteront au large, mais ils viendront. Ils viennent toujours.

Tu ne m'aidais pas vraiment, et je renchéris avec un sourire forcé en abordant franchement le problème.

— Descendre sur la grève dans ces conditions n'est pas vraiment prudent.

Naturellement, tu t'entêtas.

— Je connais bien le sentier, et lorsque tu ne m'accompagnes pas, tu me surveilles du haut de la falaise. Je te rappelle que nous avons passé un accord à ce sujet. Je peux me rendre sur la plage à mon gré à partir du moment où tu te trouves à la maison. Pour le moment, je m'y tiens. À toi de décider si tu me colles aux basques ou pas. De toute façon, je ne vois pas trop ce que cela peut te faire, achevas-tu en replongeant le nez dans ta salade.

Comptais-je si peu à tes yeux depuis la mort de Dimitri pour que tu dénies la sincérité affective de ma surveillance ? Blessé par ton dédain, je répliquai sans faire attention à la portée de mon aveu.

— Je tiens énormément à toi. Encore faudrait-il que tu acceptes de regarder ailleurs que vers le large pour t'en apercevoir.

Brusquement conscient de ce que je venais de dire, je me tus en regrettant ma franchise. Relevant à nouveau la tête, tu me dévisageas en silence durant quelques secondes, et ma gêne s'en accentua. Jusque-là, l'embellie de notre relation se satisfaisait d'une hypocrisie feutrée qui te convenait parfaitement. Mon dépit bousculait ce jalon et je redoutai de te perdre.

— De quelle manière ? demandas-tu soudain

— Comment ça, de quelle manière ? répétai-je en refusant de m'enferrer davantage.

— De quelle manière tiens-tu à moi ? précisas-tu sans qu'un trait ne bouge sur ton beau visage.

Je ne pouvais que m'en prendre à moi-même si tu me clouais au pied du mur, et je répondis en grommelant pour la forme. :

— Ça, c'est typique de toi. Tu fais mine d'ignorer ce qui te dérange, et quand on te le signale, tu te transformes en inquisiteur comme si le sujet t'intéressait brusquement.

— Mais il m'intéresse, te défendis-tu sans te départir de ton air sérieux.

— Arrête, Cédric ! Tu sais très bien ce que tu représentes pour moi. Je n'ai jamais rien dit, car je n'avais aucune chance de te voir renier l'amour qui te liait à Dimitri. Et sa disparition m'aide encore moins, parce que je l'appréciais énormément. J'ai l'impression de le trahir en te révélant ça, alors que celui qui devrait se sentir floué, c'est moi !

Je m'attendais à ce que tu dévies le cours de la conversation. C'était la première fois que nous évoquions aussi clairement le drame qui t'engluait dans ce chagrin doux amer, endeuillant ton âme depuis maintenant six mois. En général, ce sujet t'incitait à te refermer comme une huître. Au lieu de cela, tu persistas.

— Pourquoi ?

Ta décision de dérouler le fil d'interminables interrogations comme un enfant me désorienta. Comment t'affronter sans te heurter ?

— Pourquoi ? répétai-je en tentant de discipliner mon agacement. Mais parce que du jour où j'ai posé les yeux sur toi, j'ai compris que rien ne serait plus pareil, que je me refuse à ternir notre amitié, et que je conserve trop d'estime pour Dimitri pour te pousser vers quelque chose que tu ne choisirais pas vraiment.

Une fois de plus, ta réaction me surprit.

— Tu ne m'as toujours pas dit de quelle manière tu tenais à moi, insistas-tu.

Acculé, j'ouvris la bouche, la refermai, pour finalement laisser éclater ma frustration.

— Oh, et puis merde ! fis-je en me levant pour quitter la table.

Exprimant enfin ce que tu ressentais vraiment, ton regard s'arrondit d'étonnement et je précipitai le mouvement. Je n'étais pas fier de mon attitude, mais en l'occurrence, je préférais fuir plutôt que d'amorcer un débat au cheminement trop aléatoire. Tu étais suffisamment intelligent et intuitif pour deviner ce que je taisais.

Je passai le reste de la soirée seul dans la bibliothèque, attentif toutefois à surveiller le fond du jardin. Ce soir-là, pour la première fois depuis des semaines, tu n'empruntas pas le sentier. Une façon de m'indiquer que tu ne cherchais pas le conflit. Un peu honteux de t'imposer ce sacrifice, j'attendis d'entendre la porte de ta chambre se refermer avant de me retirer dans la mienne. Il faisait encore chaud et je m'allongeai nu sous le drap. Incapable de dormir, je ressassai la situation.

En apparence, tout semblait revenir à la normale. Néanmoins, je ne me leurrais pas. Sous tes airs tranquilles, Dimitri te manquait terriblement. Une multitude de petits riens me le prouvaient.

Comme sa photo conservée en page d'accueil sur ton ordinateur, alors qu'à ton arrivée tu m'avais expliqué refuser de t'encombrer d'éléments te le rappelant. Un écart révélateur qui m'incitait à douter que cette confrontation par image interposée te permette de l'oublier.

Je ne me sentais cependant pas le droit de t'en parler. Pas après ta remarque me reprochant d'avoir détourné notre conversation de ton amant durant la tempête. Pour rien au monde je ne souhaitais effacer son souvenir. Je désirais simplement te voir songer à lui sans que ton regard ne sombre dans la tristesse.

D'autres points m'inquiétaient. Si l'on exceptait tes promenades sur la plage, tu sortais peu. Tu n'avais jamais manifesté d'intérêt marqué pour la vie sociale, mais depuis ton installation chez moi, tu déclinais systématiquement les invitations des quelques amis que tu côtoyais avec Dimitri. Mis à part lire, écrire, faire un peu de ménage et préparer les repas, j'ignorais ce que tu fabriquais durant la journée lorsque je travaillais, mais j'avais la conviction que tu ne fréquentais personne d'autre que moi. Égoïstement, j'en étais heureux. Cependant, après six mois de deuil, je devais admettre que ton enfermement n'avait rien de sain. Au point que je commençais à m'en inquiéter.

Je vivais notre rapprochement comme une bénédiction doublée d'un cauchemar. Rentrer à la maison pour te rejoindre me comblait. T'imaginer si près, seul et disponible d'une certaine manière, me plongeait pourtant dans un abîme de frustration qui me poussait à renouer avec le comportement que j'avais voulu fuir en quittant Paris.

Tu l'ignorais, mais je conservais quelques contacts suite aux rencontres éphémères d'un club fermé que je fréquentais autrefois. Des relations épisodiques qui n'avaient débouché que sur du sexe facile. Des coups d'un soir que je choisissais souvent aussi paumés que moi, avec lesquels j'avais parfois sympathisé avant de m'éclipser. Certains n'avaient pas hésité à me donner leurs coordonnées. Pour la plupart, je ne les avais pas conservées.

Je gardais néanmoins précieusement le numéro de téléphone de Loïc, cadre commercial dans la quarantaine, au look de jeune premier sur le retour, marié et père de deux enfants, qui profitait de ses déplacements pour assouvir des penchants qu'il n'assumait que le temps d'une étreinte. Nous affrontions le même problème dans le sens où je refusais de m'investir affectivement auprès d'une autre personne que toi, et apaiser mutuellement nos libidos sans engagement nous paraissait un deal acceptable.

Tout avait recommencé entre nous deux mois après la mort de Dimitri, quand il m'était devenu évident que tu ne t'intéressais pas à moi de la manière que j'espérais. Depuis, je mettais à profit les week-ends que je passais en famille pour le voir. Je ne quittais jamais le pavillon en semaine de crainte que tu ne dévales seul le sentier, mais bien que t'abandonner deux jours me coûte, je ne pouvais pas indéfiniment repousser les miens. Je les avais déjà nettement trop négligés du temps de notre cohabitation à trois à la villa. Tu ne te sentais pas prêt à les rencontrer, et moi je m'imaginais mal sous le feu des questions de ma famille une fois qu'elle aurait fait ta connaissance. Je me rendais donc à Paris seul deux fois par mois.

Faire un détour au retour pour partager une étreinte rapide avec Loïc était devenu une sorte de rituel. Je tâchais d'en tirer la force de vivre à tes côtés sans ressentir cette pointe d'insatisfaction qui enflait lorsque tu disparaissais dans ta chambre. Je le quittais mal à l'aise, en traînant derrière moi l'impression de t'avoir trompé. Une situation des plus déplaisantes. Ne pas fantasmer sur toi m'obligeait pourtant à évacuer ma tension et je ne voyais guère d'autre solution. À moins de parvenir enfin à te séduire pour déposer à tes pieds la totalité de l'amour qui me poussait à une stupide tricherie.

Ce soir-là, je sentais lentement le sommeil me cueillir alors que je réfléchissais à tout cela, quand j'entendis ma porte s'ouvrir. Un coup d'œil sur les chiffres digitaux du réveil m'apprit qu'il était près de minuit. Je tournais le dos au chambranle et il m'était impossible de distinguer qui s'aventurait dans la pièce. Or, mis à part toi, personne ne partageait mes nuits dans le pavillon. Mais rien ne te prédisposait à me rendre visite à une heure aussi indue, et je me crispai en imaginant un potentiel voleur.

Disciplinant ma respiration pour simuler un assoupissement, j'écoutais, tout en me ramassant légèrement sur moi-même. J'étais bien décidé à bondir brutalement sur l'intrus qui s'approchait discrètement derrière moi. Je n'eus toutefois pas le temps de me retourner avant de sentir un corps chaud se glisser sous le drap. Une initiative qui me surprit suffisamment pour me figer quelques secondes. M'interdisant de reprendre le contrôle de la situation, un bras s'enroula autour de ma taille, tandis qu'un menton se calait contre mon épaule.

— Ne fais pas semblant de dormir, susurra une voix douce à mon oreille. Nos chambres sont voisines et je t'entends remuer depuis un bon moment.

— Cédric ?

— Qui d'autre ? Tu as l'habitude de recevoir tes amants durant mon sommeil ?

Ta remarque ironique me certifia que je ne rêvais pas. Tu ne m'avais néanmoins pas accoutumé à pénétrer dans ma chambre à une heure aussi tardive, et encore moins à t'introduire dans mon lit. Qui plus est nu, et dans un état intéressant si j'en jugeais à la dureté palpitant contre le bas de mon dos. Un cocktail détonnant, qui gorgea rapidement ma propre hampe.

— Non, bredouillai-je en me retournant pour te faire face. Mais enfin, qu'est-ce que tu fais là ?

Nous nous retrouvions nez à nez et tu ne pouvais ignorer ma convoitise. J'avais gardé les volets ouverts. La pleine lune éclairait suffisamment la pièce pour distinguer tes yeux malgré la pénombre. Esquissant ce sourire espiègle qui me faisait fondre à chaque fois, tu exhibas le sachet fermé d'un préservatif en demandant :

— N'est-ce pas évident ?

La gorge sèche, j'arrivai à répliquer d'un ton neutre.

— Tu n'es pas obligé.

— Je sais. Disons que j'en ai envie. Et puis je n'aime pas quand nous nous disputons.

J'attendais cet instant depuis des mois, mais je mentirais en niant avoir espéré des paroles plus tendres. Tes mots pointaient cependant vers la réalisation de mon plus cher désir. Je t'avais laissé la possibilité de renoncer pour la forme, il n'était néanmoins pas question de négliger davantage ma chance. Avançant la main, je caressai ton torse. Ta peau était aussi douce que je l'imaginais et j'imprégnai mes sens de ce satin avant de saisir la petite capsule close que je posai sur la table de nuit. Une précaution qui viendrait en son heure et dont la présence actait ta reddition. Rien que pour cela, ce bout de plastique n'avait pas de prix. Me rallongeant près de toi, je m'enquis d'une inflexion plus basse :

— À quoi dois-je ce revirement inattendu ?

M'effleurant à ton tour d'un doigt faussement distrait, tu commenças à redessiner mes pectoraux avant de répondre.

— À notre conversation de ce soir. J'ai réagi comme un idiot. J'ai toujours su que tu tenais à moi davantage qu'un simple ami devrait le faire.

— Tu l'as toujours su ? insistai-je un peu lourdement, conscient de m'exposer à la volte-face de ton imprévisible caractère.

— Toujours, confirmas-tu en poursuivant tes caresses. Même du temps de Dimitri.

C'était la première fois que tu abordais spontanément une conversation incluant sa personne, et je m'abstins de t'interrompre de peur de briser la magie de ces instants étonnants.

— C'était devenu une sorte de jeu entre nous. Deviner comment tu allais t'en sortir pour masquer les sentiments que tu éprouvais réellement pour moi. C'était cruel, je l'admets, mais Dimitri t'aimait énormément. Sans cela, il ne t'aurait jamais laissé vivre à nos côtés.

— Et je l'appréciais également beaucoup, répliquai-je avec sincérité.

Ce faisant, je retins ta main qui s'égarait au creux de mon aine. Je mourrais d'envie de te sentir t'aventurer plus avant, mais il restait encore un point à mettre au clair. Ton regard interrogateur, presque fâché, m'instruisait des limites de ta patience, et je ne m'embarrassai pas de fioritures pour demander :

— Il te manque ?

Le poids de son souvenir s'immisça soudain entre nous avec une telle force que tes doigts s'arrachèrent aux miens tandis que tu t'allongeais sur le dos.

— Infiniment, reconnus-tu en poussant un soupir malheureux. Sans lui, plus rien ne sera jamais pareil.

J'avais la preuve que je n'étais qu'un substitut. Je le présumais, mais entre présumer et se mesurer à la réalité, il existait un gouffre. Sans doute perçus-tu ma détresse, car tu basculas de nouveau vers moi pour ajouter :

— Le faire ne nous engage à rien, mais rien ne nous interdit non plus de nous réconforter en passant un moment agréable. Nous sommes amis, non ?

Amis… À cet instant précis, j'aurais mille fois préféré le contraire. Si je t'avais rencontré après la mort de Dimitri, l'attrait de l'inconnu m'aurait peut-être donné une chance de susciter un sentiment plus amoureux chez toi. Sans compter l'avantage d'une page vierge entre Dimitri et moi. Songer à ce dernier m'empêcha paradoxalement de culpabiliser davantage. Ne m'avait-il pas accordé sa bénédiction si un jour il venait à disparaître ? Ce souvenir balaya ma réserve.

— S'il en est ainsi, alors laisse-moi m'occuper de toi, susurrai-je en te renversant sur le dos pour te chevaucher.

# Chapitre 6 : Partir à la dérive

Ton incursion nocturne marqua réellement le début de notre vie à deux. Jusqu'ici, nous n'étions que colocataires. Amis les jours où cela te convenait, connaissances plus réservées lorsque tu t'enfermais durant des heures dans ta chambre, sans autre explication que celle de ton regard hanté par le souvenir d'un amour perdu. Le drame survenu modelait ton caractère d'épines difficiles à vaincre. Je ne m'y essayais d'ailleurs pas. Autrefois, Dimitri lui-même évitait de te contrarier quand tu t'enfermais dans ta morosité.

Parce que mon éclat au dîner avait bousculé ta zone de confort, tu n'avais pas hésité à m'offrir ce que je convoitais depuis des mois. Lot de consolation ou juste récompense ? Je refusais de m'interroger. Incapable de déterminer si cet intermède se renouvellerait, je t'avais fait l'amour comme si ma vie en dépendait. Ou la tienne.

À ma plus grande joie, tu étais revenu le soir suivant. Puis le troisième. Le quatrième, tu t'étais assoupi contre moi, pour carrément m'attendre dans mon lit le cinquième. Depuis, nous faisions chambre commune sans qu'aucun engagement ne vienne attester la réalité de notre liaison.

Je prenais ce que tu me donnais, heureux lorsque tu me volais un baiser quand je rentrais, ou que tu t'installais sur le divan en te calant contre moi pour lire. La nuit, j'adorais sentir le grain de ta peau contre le mien, la caresse de ta chevelure sur mon épaule, la douceur de ton souffle frôlant mon cou. Inconsciemment tu t'agrippais à moi, et il m'était impossible de te faire lâcher prise. J'aimais te contempler, et parfois je me privais de sommeil pour te regarder dormir.

Nulle promesse de lendemain entre nous, encore moins de déclarations enflammées. Le cœur néanmoins comblé, je patientais. Je pensais que le temps façonnerait tes sentiments à l'exemple des miens. J'étais terriblement naïf, plein d'espoir, et persuadé que tu cheminais lentement vers la guérison.

Comme pour me donner raison, tu te remis à écrire plus assidûment. Un an après le naufrage, tu adressas un nouveau manuscrit à ton éditeur qui l'accepta. Tout semblait revenir à la normale.

Les dauphins continuaient d'occuper une place à part dans notre existence, et tu ne manquais pas de descendre fréquemment sur la plage. Depuis notre rapprochement, tu évitais à nouveau de t'y rendre les jours de pluie sans m'obliger à te rappeler à l'ordre. Fièrement, je m'attribuai cette victoire. Au point que le sentier se transformait peu à peu en itinéraire banal dont j'oubliai le danger. Je savais ce que ces mammifères marins symbolisaient pour toi, et finalement, je décidai de taire mon inquiétude en m'abandonnant à la roue du destin. De toute manière, tu n'aurais pas toléré que j'essaye de t'en séparer.

Le temps passait. Quinze mois après la disparition de Dimitri, tu acceptais de l'évoquer plus librement, et ta nostalgie cédait même parfois au plaisir de réminiscences heureuses. Je remarquais bien la flamme étrange qui s'allumait dans tes yeux lorsque tu t'exaltais soudain en me parlant de lui, mais je n'y prêtais pas de réelle attention. Tes réactions paraissaient aller dans le bon sens et c'était tout ce qui m'importait.

Tu sortais toujours aussi peu, mais tu te montrais dorénavant à nos rares visiteurs et participais aussi à mes repas de famille. J'avais fini par te présenter à Émilie et Chloé, mes deux sœurs connaissant mon homosexualité en leur avouant que nous étions amants. Elles t'avaient immédiatement adopté, et l'assurance qu'elles se porteraient à notre rescousse en cas de besoin me soulageait.

L'écriture te rapprochait de ma sœur aînée et vous aviez sympathisé. Si elle arrivait sans s'annoncer, tu l'accueillais sans froncer les sourcils alors que tu boudais ostensiblement Chloé pour le même motif. Ton attitude était un peu injuste, mais espérer que ton comportement devienne policé envers tout le monde revenait à imaginer un changement de personnalité que je ne souhaitais pas vraiment. Cela n'aurait plus été toi.

Pour les deux autres, Anna et Sabine, tu restais le colocataire charmant pour lequel je m'étais fortement pris d'amitié. Il en allait de même pour mes parents. Une situation pas vraiment reluisante qui me gênait terriblement lorsque nous dînions tous ensemble. Pour toi, j'aurais crié mon amour à la face de la Terre entière, quitte à susciter le bouleversement que je redoutais dans ma famille. Mais à l'évidence, tu demeurais toujours aussi peu motivé pour officialiser notre liaison.

Peu à peu, je finis par admettre que je ne figurais qu'un pis-aller. Un pis-aller néanmoins important que tu dorlotas tout le temps de son immobilisation, quand je me fracturai le tibia en glissant lors de l'inspection d'une digue en automne. Après un an à coucher ensemble, il semblait à présent évident que tu ne ressentirais jamais une authentique passion pour moi, mais tu m'accordais ta tendresse et je t'aimais suffisamment pour deux.

Le mois d'août suivant, la parution d'un autre de tes romans bouscula un peu la routine de notre vie. À l'exemple des précédents, son lancement connut un succès que tu t'entêtas à ignorer. Je ne t'en emmenai pas moins passer trois semaines sur un îlot perdu des Bahamas pour célébrer ta réussite et nos presque deux ans de vie de couple.

J'avais pris soin de choisir notre point de chute à l'écart des lieux touristiques habituels et je pensais que tu savourerais pleinement ces vacances loin de la foule. Je savais ta préférence pour les plages isolées, et Dimitri m'avait parlé de ton intérêt pour les récifs coralliens. Je m'étais donc astreint à nous trouver une location donnant directement sur un cordon de sable blond, qui s'ouvrait sur un monde enchanteur visible à travers les eaux limpides.

Ton expression charmée à notre arrivée me confirma que mon cadeau te plaisait. Au bout de deux jours, il devint pourtant clair que quelque chose te chiffonnait. Si la situation loin de tout de notre bungalow te réjouissait, ton sourire n'en reflétait pas moins une sorte d'absence, tandis que ton regard se posait avec nostalgie sur l'océan. Naturellement tu ne disais rien, sans doute pour ne pas me chagriner, ce qui ne m'aidait guère à élucider la raison de ton attitude.

Je crois que jamais je ne regrettai plus qu'à ce moment la complicité qui te poussait à tout partager avec Dimitri. À défaut de m'accorder le même privilège, une once supplémentaire de communication m'aurait permis de décrypter correctement tes états d'âme, et peut-être d'éviter le pire.

Intrigué par ton étrange réaction, je décidai d'aborder franchement la question le troisième soir. Allongé à l'ombre d'un sycomore sur l'un des transats en bois de la terrasse, tu observais d'un œil distrait le soleil qui déclinait à l'horizon. L'immobilité de tes traits ne me trompait néanmoins pas, et je devinais la mélancolie de tes pensées vagabondes. Arborant un air dégagé, je vins m'asseoir auprès de toi, une bière fraîche à la main.

— Tu n'aimes pas les Bahamas ?

La brutalité de mon introduction t'incita à tourner la tête vers moi, et je poursuivis avec un sourire que j'espérais serein.

— Peut-être aurais-tu préféré savoir où je t'emmenais avant d'atteindre la salle d'embarquement de l'aéroport ?

Je tenais à te faire la surprise, et j'avais réussi à garder le mystère du lieu de notre atterrissage en t'indiquant simplement avec quoi remplir ta valise avant notre départ. Ce voyage m'avait coûté une fortune, mais je désirais vraiment te distraire, et j'avais fermement refusé une compensation financière de ta part quand tu avais découvert notre destination.

— Non, au contraire, répondis-tu en me regardant d'un air un peu étonné. J'apprécie énormément que tu aies mis tout cela en place pour moi.

Tu semblais réellement sincère, mais tes yeux clairs conservaient ce voile de tristesse inexplicable, et je me remémorai ta réticence lorsque je t'avais appris que nous allions quitter la Normandie durant trois semaines.

— Alors pourquoi ai-je l'impression que tu t'ennuies ? Nous pouvons louer une voiture pour faire le tour de l'île. Ou demander à l'hôtel de nous envoyer un chauffeur pour participer aux soirées qu'ils organisent, proposai-je.

— Je ne m'ennuie pas.

Ta réplique laconique ne me convainquit pas, et je ne pus retenir une réflexion dépitée.

— Décider seul du programme de ces vacances n'était peut-être pas une excellente idée. Je te promets que la prochaine fois nous choisirons ensemble notre destination.

Ma déconvenue devait être particulièrement visible, car tu te redressas à demi pour saisir ma main libre avant de tenter de m'apaiser.

— Tu n'as rien à te reprocher. Tu as fait le bon choix. Cet endroit est magnifique. J'ai toujours aimé écouter le bruit des vagues, et tu as également veillé à ce que ce lieu soit suffisamment isolé pour que je m'y sente bien. Tu ne t'es pas trompé, Alban. Ce dépaysement a tout pour me plaire.

— Mais ? demandai-je en détectant ton léger embarras.

Relâchant mes doigts, tu t'étendis à nouveau pour contempler le large.

— Mais ce n'est pas la Normandie, avouas-tu d'un ton las.

Un tel manque perçait soudain dans ta voix que je te dévisageai quelques instants avec insistance. Tu ne pouvais ignorer mon incompréhension muette, et je croyais que tu saisirais la perche que je te tendais. Malheureusement, tu n'étais apparemment pas décidé à m'expliquer ce qui ravivait ta tristesse. Étouffant un soupir déçu, je commentai de façon quelque peu désabusée :

— La Normandie est belle, mais la préférer aux Bahamas est peut-être un peu excessif.

Les yeux dans le vague, tu conservais le silence. Je pensais que tu ne dirais plus rien et je m'allongeai dans mon propre transat en espérant que ma présence te distrairait. Tu refusais de me regarder.

— Ils ne viendront jamais ici, daignas-tu enfin m'aviser.

Une information qui ne m'aidait pas beaucoup à y voir plus clair.

— De qui parles-tu ?

— Des dauphins.

Sur le coup, je crus que te moquais de moi. Des dauphins, nous pouvions essayer d'en voir en louant un bateau. Naturellement, il ne s'agirait pas de ceux qui s'ébattaient à la pointe de notre petite crique normande. Seul un enfant aurait pu avoir une telle exigence.

— Ils me manquent, ajoutas-tu d'un ton chagrin.

En entendant tes paroles, mon cœur rata un battement. J'avais beau me dire que tu exprimais un pluriel, je décelai à travers tes mots l'écho d'un singulier.

— Ils ne sont pas ordinaires tu sais, poursuivis-tu d'un ton plus bas.

— Qui ? demandai-je, un peu perdu.

— Les dauphins.

Tu tournais de nouveau la tête vers moi, et j'observai une sorte de fébrilité dans ton regard. Elle trahissait ton impatience à les revoir. Tu te languissais d'eux. Inquiet, je remarquai dans tes yeux la flamme dévorante d'une attente sans commune mesure avec la pondération dont tu faisais preuve depuis la disparition de Dimitri. Tu éprouvais une véritablement passion pour eux et j'en ressentis presque de la jalousie. Verrouillant ce sentiment pernicieux, je me contentai de constater :

— Votre amitié est belle.

— Oui, répondis-tu en sourdine. L'amitié ouvre sur bien des portes et les mystères de la mer sont insondables.

Ce soir-là, je ne poussai pas plus avant notre conversation sur les dauphins. Tu me paraissais trop absorbé par tes secrets intimes. Une première erreur dont je ne compris l'importance que des mois plus tard. Si j'avais essayé de lire en toi à cet instant, peut-être aurais-je pu intervenir différemment par la suite. Au lieu de cela, je me résignai à te voir dériver dans tes songes éveillés. Tu planchais sur un nouveau livre et cet élément bien réel me rassurait. Après tout, un auteur était en droit de rêvasser en lâchant la bride à son imaginaire.

Dix jours plus tard, nous rentrions en métropole. Je retrouvai mon travail, mes collègues, ma famille, et les quelques amis avec lesquels tu acceptais de sortir de temps à autre pour aller boire un verre. De ton côté, tu te remis immédiatement à défier la verticalité du sentier descendant sur la plage. Me récusant de plus en plus souvent le droit de t'accompagner dans tes déambulations sur les galets, tu ne semblais plus vivre que pour tes rencontres quasi quotidiennes avec les dauphins.

Fidèles au poste, ceux-ci se rassemblaient pour t'attendre à l'extrémité de la pointe sud dès que la marée commençait à remonter. Je détestais te voir nager pour les rejoindre, et malgré l'indéniable moment de bonheur qu'ils te procuraient, je finis par les prendre en grippe. Au point qu'ils ne m'approchaient plus lorsque je me baignais avec toi. Cet hiver-là, je bénis le retour des eaux froides et la violence plus marquée des vagues qui te retenaient sur le littoral. Je regrettai juste que cette configuration n'éloigne pas davantage tes amis marins.

Mis à part le souci que me causait l'importance que tu accordais à ces animaux, la rédaction de ton prochain roman endormait toujours ma vigilance. Il te demandait un gros travail de recherche et je ne m'inquiétais pas outre mesure de ton isolement. Tu n'avais jamais été très sociable et je profitais très égoïstement de ta présence.

Aveuglé par mon confort, je ne notai pas de changement majeur dans ton comportement. Jusqu'à ce matin de février où je te surpris, le regard éteint dans le salon, un journal local entre les doigts. Alors que je m'approchais, un entrefilet illustré par une photo macabre attira mon attention. Il relatait l'échouage massif d'un ban de dauphins. Les courants les avaient rejetés sur le rivage, et personne n'avait rien pu faire, car ils étaient déjà tous morts. La découverte de cette hécatombe se situait à seulement quelques kilomètres de chez nous et je devinai immédiatement à quoi tu pensais.

— Il n'y a pas de raison de t'alarmer, commençai-je, en t'ôtant le quotidien des mains pour le poser sur la table. Ils parlent de petits globicéphales noirs. Ceux que nous côtoyons sont de Grands Dauphins gris.

Relevant les yeux, tu répondis en m'offrant un sourire triste.

— Les uns ou les autres, ce sont toujours les mêmes qui payent pour l'avidité humaine.

Ta réplique me plaçait face à un détachement de façade que je ne ressentais pas. Gêné par mon raccourci, je m'expliquai davantage.

— Ne crois pas que le sort de ces animaux me laisse indifférent. Je cherchais simplement à te dire que les nôtres s'en sont sortis.

Les « nôtres » … Jamais assertion ne me parut plus fausse. Les « tiens » aurait été un terme plus adéquat. Ma répartie m'attira cependant un regard moins terne. Un bref instant, je décelai même la marque de l'ironie dont tu abusais du temps de Dimitri.

— Après avoir lu ça, je suis descendu sur la plage sans attendre ton retour, m'assénas-tu comme une punition.

Stoïque, je ne bronchai pas.

— Il fallait que je constate qu'ils allaient bien, poursuivis-tu. Ils étaient heureusement tous là.

— Ça devrait te rassurer, commentai-je.

Te renfonçant dans le divan, tu admis du bout des lèvres :

— Certains pêcheurs font attention, mais il suffit d'un seul de leurs fichus filets dérivant au mauvais endroit pour semer le chaos. Et cela peut arriver à tout moment, achevas-tu en retrouvant ton air malheureux.

Cette fois-ci, je réagis de façon sincère pour te réconforter.

— Pas s'ils restent près des côtes.

Je connaissais néanmoins suffisamment la biologie marine pour savoir que ces mammifères chassaient souvent en pleine mer. Et toi aussi. J'espérais pourtant un miracle que ta réponse balaya immédiatement.

— Ils ne disposeraient jamais d'assez de nourriture s'ils ne s'aventuraient pas au large.

— Mais les avoir habitués à ta présence les pousse à se sédentariser, répartis-je. Et notre baie n'est pas une zone fréquentée par les pêcheurs.

Ma fermeté m'attira un nouveau sourire, plus ancré dans la réalité. Écartant une mèche rebelle de ton front, j'en profitai pour déposer un rapide baiser sur ton nez, quand ta main emprisonna brusquement ma nuque pour me retenir. Mon visage tout près du tien, je plongeai avec délice dans la pureté de tes iris aigue-marine, sans pour autant cacher mon étonnement.

Approchant ta bouche de la mienne, tu saisis avec délicatesse ma lèvre inférieure entre tes dents pour jouer avec elle durant quelques instants. Ton regard se voilait de désir. Je connaissais cette expression, entre le prédateur en chasse et le chaton quêtant une caresse, et je sentis mon pouls s'emballer. Me relâchant tout en conservant notre proximité, tu murmuras sans me quitter des yeux.

— J'ai envie de toi.

Je résistais rarement à l'attrait d'un tel regard, encore moins aux mots qui l'accompagnaient. À ce moment précis, tes paroles me semblèrent toutefois si incongrues par rapport à l'ordre de tes priorités habituelles que j'hésitai une seconde.

— Tu es sûr ?

Inutilement, je tentai de reculer pour échapper à l'attraction de ta moue enjôleuse. Raffermissant ta prise, tu exhalas un souffle vibrant de convoitise contre mon oreille.

— Vas-tu me reprocher maintenant de m'intéresser à toi avant les dauphins ? susurras-tu d'un ton rauque.

La morsure de tes dents sur le lobe de mon oreille m'arracha un frémissement qui suscita ton rire.

— Ose dire que tu n'en as pas envie, me provoquas-tu en profitant de notre rapprochement pour te frotter contre mon entrejambe.

Passer de la tristesse à l'exaltation te ressemblait, et pourtant je n'arrivais pas à m'abandonner totalement à ma faim de toi. Cela faisait des jours que nous n'avions pas fait l'amour, sans autre raison que ton manque de désir, et voilà qu'un article qui aurait dû exacerber ton inquiétude te poussait à te jeter à ma tête. Tu n'avais encore jamais réagi en te débarrassant de tes soucis de façon aussi désinvolte. Tout du moins pas de cette manière-là. Tu te comportais comme si tu cherchais à brouiller les pistes.

Pour la première fois, l'alarme d'une lumière rouge s'alluma dans mon esprit. Une lumière cependant falote, que tu t'ingénias à éteindre en m'enlaçant étroitement pour te plaquer complètement contre moi d'un air aguicheur. Ton regard fiévreux, ton souffle plus court et la senteur de ta peau légèrement rosie n'arrangeaient pas la rigueur de ma logique. Tu respirais l'invitation à la luxure et je ne résistai plus au besoin de coller ma bouche sur la tienne. Me noyant dans l'amnésie le temps d'un baiser affamé, je récupérai une once de lucidité quand nos lèvres se séparèrent. Et alors que tes mains impatientes s'attaquaient aux boutons de ma chemise, je les immobilisai en me détachant de toi.

— Pourquoi ai-je l'impression que ce regain de passion n'a rien d'innocent ?

L'éclat désemparé qui traversa tes yeux m'interpella. J'allais poursuivre mon interrogatoire, quand, contrarié dans ta volonté, tu grommelas d'un air buté en basculant en arrière :

— Tu réfléchis trop.

Tu n'avais pas lâché mon vêtement et tu m'entraînas dans ta chute. Allongé sur toi, le nez contre ton cou, je respirai ton odeur comme un parfum d'oubli suave. Tes doigts qui furetaient sous ma ceinture pour relever le tissu couvrant mon dos me comblaient de délicieux frissons. En appui sur un coude, effleurant d'une lente caresse le haut de tes épaules, je perdis très vite le fil de mes idées pour ne plus songer qu'à la douceur du grain de ta peau. Et lorsque d'un mouvement de tête avide tu cherchas à nouveau mes lèvres, je reléguai à mille lieux le problème que me causait la fébrilité de ton attitude. La sensualité passionnée que tu m'offris ce jour-là endormit mon souci.

# Chapitre 7 : Le crépuscule des dauphins

Cette année-là, les échouages de dauphins se succédèrent jusqu'en septembre. À chaque fois, je redoutai un drame, et durant tout l'été je me remis assidûment à te suivre lorsque tu nageais vers tes protégés. Pas seulement pour veiller à ce qu'il ne t'arrive rien, mais également pour essayer de renouer le lien que j'avais sciemment brisé avec ces grands mammifères. Leur propre sauvegarde passait par le temps qu'ils restaient à folâtrer non loin de la baie, et leur sécurité engageait ta tranquillité d'esprit.

Je me sentais un peu fautif vis-à-vis d'eux, et j'aurais aimé rétablir une relation forte. À mon sens, deux amitiés humaines au lieu d'une les ancreraient davantage dans cette zone. Je découvris à mes dépens que les dauphins pouvaient manifester de la rancune, ou tout au moins de la défiance. Il me fallut des jours pour les approcher à moins de deux mètres, et je ne parvins jamais plus à les caresser comme tu le faisais.

Conscient de mes efforts, tu tentas en vain de jouer les médiateurs. Ils refusaient mes avances. Chaque fois que j'arrivais suffisamment prêt pour les frôler, un coup de queue contestataire marquait leur désaccord, m'aspergeant copieusement au passage. Ils se comportaient avec moi comme ils le faisaient avec les quelques vacanciers qui, durant l'été, essayaient de les côtoyer en passant par le large. Tu étais le seul avec lequel ils acceptaient un contact plus physique. Quand ils me repoussaient, ma mine dépitée t'amusait, et tu retrouvas pour un temps ce rire que j'aimais tant.

La douceur de l'automne te permit de nager en leur compagnie jusqu'en octobre, et je m'aveuglais de l'immuabilité d'une routine qui nous rendait plus casaniers qu'un couple de bigorneaux figé sur son rocher. Objectivement, je jugeais bien un peu étrange ta détermination à ne plus t'éloigner de chez nous plus deux jours d'affilée, mais l'assurance que j'en retirais que tu te plaisais à mes côtés m'interdisait de réagir.

Je redoutais toujours le moment où tu te sentirais suffisamment solide pour voler de tes propres ailes, et je subissais la situation sans broncher. Le cocon dans lequel tu te complaisais m'arrangeait. J'en oubliais le plaisir que tu éprouvais à voyager autrefois aux côtés de Dimitri. Ce qui ne m'immunisait pas contre le désappointement de ne pas savoir comment réellement toucher ton cœur.

L'homme que tu aimais vraiment avait disparu voilà plus de deux ans et demi. Depuis, tu me témoignais énormément de tendresse, mais tu ne confessais pas un sentiment qui allait au-delà d'une amitié sensuelle. Je ne représentais pour toi qu'un *sex friend,* comme l'énonçaient nos voisins d'outre-Manche. Une conviction sur laquelle j'évitais néanmoins de m'appesantir.

La vie poursuivait son cours sans afficher de réelle surprise. Aux yeux du monde, notre couple s'affirmait alors que j'intégrais à présent le fait que nous n'en formions pas vraiment un. Toute en demi-teintes, notre existence me paraissait toutefois douce. Jusqu'à ce jour de novembre qui sonna brutalement le glas de mon illusoire tranquillité.

Ce soir-là, alors que je rentrais du travail, je ne te trouvai pas en train d'écrire dans le salon, comme tu le faisais régulièrement. Trônant sur la table, ton ordinateur éteint ne me disait rien qui vaille. Passant de pièce en pièce, je finis par te découvrir dans la cuisine, le nez collé à la fenêtre. Celle-ci donnait directement sur la pointe sud, et malgré la hauteur de la haie de ronces au bout du jardin, c'était l'endroit de la maison duquel on apercevait le mieux la zone de jeu de tes compagnons maritimes.

Debout devant la croisée, tu scrutais une mer agitée alors que les prémices du crépuscule assombrissaient rapidement le paysage. Je connaissais en partie la raison de ton mal-être. Depuis une dizaine de jours, malgré la combinaison que tu avais achetée pour te protéger du froid, la turbulence des vagues t'interdisait de nager à la rencontre des dauphins. Et de toute façon, suivant notre accord, mis à part en journée les week-ends, l'avance de la tombée de nuit quand je rentrais ne te le permettait pas non plus.

Tu conservais une immobilité presque agressive, et je remarquai immédiatement que quelque chose n'allait pas. M'approchant jusqu'à me plaquer contre toi, j'enserrai ta taille en posant un baiser léger sur ta nuque. En général, ma présence t'apaisait, mais ce jour-là, c'est à peine si tu t'abandonnas entre mes bras. Tu avais maigri ces derniers temps et cela me souciait. Ton manque de réactivité balaya toutefois ce tracas.

— Je suis descendu sur la plage dans l'après-midi, m'assénas-tu soudain.

Le front collé contre le carreau, tu refusais de me regarder. Pour une raison qui m'échappait, tu cherchais l'affrontement. Je te sentais tendu, l'esprit tourmenté, accaparé par cette mer que j'en venais à maudire alors que je l'aimais. Depuis le début des échouages, sept mois plus tôt, c'était la première fois que tu rompais à nouveau ta promesse.

Évitant d'entrer dans ton jeu, je posai mon menton sur ton épaule pour constater simplement :

— Il a plu toute la journée.

— Et le sentier est dangereux, je sais, me coupas-tu d'un ton rogue. Depuis tout ce temps, tu devrais pourtant me faire confiance.

J'avais conscience de ton angoisse. Malgré l'heure tardive, j'avais la conviction que tu allais me demander de t'accompagner pour vérifier que tes amis se portaient bien, et je répliquai en espérant toucher ton entendement.

— Cela n'a rien à voir avec la confiance. La roche est instable, c'est tout.

Je m'attendais à une réponse acerbe, en accord avec ton humeur et le peu de patience que tu manifestais généralement quand j'interférais entre les dauphins et toi. En sentant que tu t'abandonnais contre moi, je demeurai saisi.

— Et tu penses vraiment que ta présence servira à quelque chose si elle cède ? m'interrogeas-tu en basculant le profil de ton visage de mon côté.

Ton regard captait à présent le mien, m'interdisant de te mentir. La pertinence de ta question m'ennuyait tout en pointant mon insignifiance. Si le pire survenait, tout dépendrait effectivement de ma position géographique à ce moment-là, et rien n'assurait que je m'en sortirais moi-même. Tes yeux aigue-marine ne me lâchaient pas. Incapable de déterminer la clé de ton attitude, j'optai pour raffermir mon message de prudence.

— Personne ne sait quand la falaise s'affaissera. Par contre, tu ne peux nier qu'elle s'effrite. Combien de fois es-tu arrivé en bas alors que des pierres roulaient sous tes chaussures ? Tu peux glisser, tomber, ou te trouver projeté hors du sentier suite à un éboulement localisé. Et ce risque se démultiplie par mauvais temps.

Détournant la tête du côté de la mer, tu répliquas de ce ton monocorde qui n'annonçait rien de bon.

— Les dauphins n'hésitent jamais à se rapprocher de la côte, même quand la houle devient forte.

— En l'occurrence ils sont dans leur élément naturel, te rappelai-je. Ils se comportent en sachant comment en déjouer les pièges.

— La terre est mon élément naturel, te bornas-tu à commenter.

Une fois encore, je tentai de t'infléchir en me focalisant sur ce que tu chérissais le plus.

— Mais tu t'obstines à minorer le danger. Tes amis dauphins semblent posséder davantage de jugeote. Ils affrontent la violence des vagues jusqu'à un certain point, mais ne se montrent pas quand la tempête menace. Je les connais moins que toi, mais je suis sûr d'une chose : ils n'apprécieraient pas de te perdre.

En te sentant t'extraire de mes bras, je sus que j'avais touché juste. La contrainte était déjà forte et je te laissai faire quelques pas dans la pièce. À la lenteur de ta démarche, je percevais ton indécision. Quand tu te retournas pour me faire face, je compris à l'expression exempte de colère de ton visage que tu acceptais enfin de me livrer la cause de ton étrange attitude.

— Il fallait que je le fasse. Je veux dire, descendre le long du rivage. Les vagues étaient trop hautes pour que je m'avance dans la mer, mais je les ai vus. Il y en a un de plus à présent.

— Un nouveau venu ? m'étonnai-je.

— Oui, j'ai aperçu son aileron. Il ne ressemble en rien à celui des autres. Il est plus grand, plus sombre, et il fend les flots de façon plus puissante.

Ton regard soudain brillant trahissait ta fébrilité.

— Et ? m'enquis-je avec intérêt.

— Et rien. C'est juste qu'il ne connaît pas la baie comme ceux que je côtoie depuis maintenant trois ans. La Manche n'est pas accueillante en ce moment. Il pourrait croire que ce lieu n'a rien d'hospitalier. Je m'inquiète qu'il reparte rapidement vers le large, achevas-tu en détournant les yeux.

Tu mentais. Peut-être par omission, mais il m'apparut brusquement que ton angoisse à l'égard du nouveau venu visait autre chose que la seule assurance de la sécurité où le plaçait une sédentarisation avec le groupe. En outre, tu n'ignorais pas qu'un animal isolé ne se liait pas forcément avec une bande déjà bien structurée. Celle qui nageait habituellement près du rivage se composait de trois individus que j'avais appris à identifier aussi bien que toi. Deux femelles accompagnées par un jeune mâle encore immature.

Pour quelle raison te bornais-tu à me taire ce qui t'ennuyait réellement ? T'interroger m'aurait été facile du temps de Dimitri. Malheureusement, depuis le départ, notre relation plus intime se basait sur ce genre d'aveux tronqués et de non-dits apparemment sans importance. Briser ce *statu quo* en te poussant dans tes retranchements m'exposait à trop d'inconnues.

Conscient de mon malaise, tu me surpris d'une autre manière. T'approchant pour nouer tes bras autour de mon cou, tu m'offris un sourire doux.

— La vie est trop courte pour que nous nous heurtions par orgueil, Alban. J'ai besoin de toi, n'en doute jamais.

J'avais la conviction que cette confession en demi-teinte ne m'était destinée que pour m'égarer davantage. Elle n'en soulignait pas moins ton attachement, et je ne remettais pas en cause l'affection affichée par ton air presque suppliant. Impossible pour moi de résister à de telles paroles. Les courbes sensuelles de ta bouche entrouverte m'appelaient également à approfondir de façon différente le débat. Pourtant, je me contentai d'un rapide et chaste baiser sur tes lèvres, avant de redresser la tête pour exprimer mon ressenti d'un murmure fervent.

— Je t'aime.

Mon sérieux valait ton élan de franchise et j'eus le bonheur de voir tes iris s'éclairer de joie. Une réaction qui me toucha presque autant que si tu avais fait écho à ma déclaration. Ton cœur ne battait peut-être pas à l'unisson du mien, mais ton amitié n'en demeurait pas moins forte. Une évidence en forme de consolation qui me combla suffisamment à cet instant pour me faire oublier le reste.

Masquant ton regard clair sous tes longs cils, tu posas ta joue contre la mienne en quémandant :

— J'ai besoin que tu me serres contre toi. Juste que tu me serres.

Tu réclamais si rarement ouvertement ma tendresse que ton attitude d'enfant chagrin raviva mon alarme. Désireux avant tout de te rassurer, je me contentai de refermer mes bras autour de tes épaules pour t'enclore dans une étreinte chaude.

Ce soir-là, nous dînâmes comme si rien de spécial n'émaillait la journée, puis nous nous couchâmes l'un près de l'autre sans faire l'amour. Une exigence de ta part alors que tu continuais de te pelotonner contre moi comme si ta vie en dépendait. Le lendemain, je repartis travailler l'esprit peu tranquille. Tu n'avais pas décroché plus de trois mots au petit-déjeuner. J'étais habitué à ton caractère maussade, mais là, quelque chose ne tournait pas rond, et cela me tracassait.

Froid, humide et venteux, le mauvais temps semblait se mettre au diapason de ton humeur ; pour te contraindre à demeurer au chaud ou te pousser à commettre l'irréparable. Préoccupé de te savoir seul, je me débrouillai pour rentrer un peu plus tôt à la maison. Une fois de plus, je te retrouvai debout devant la fenêtre, immobile et comme indifférent à mon approche.

J'élevai la main pour te toucher quand tes paroles suspendirent mon geste.

— Laisse-moi.

Sanctionnais-tu mon retour anticipé ? Ou bien s'agissait-il d'autre chose ? Intrigué, je tentai malgré tout d'engager le dialogue.

— Tu ne devrais pas rester ainsi sans rien faire.

Je m'attendais à ce que tu réagisses avec agacement, comme tu le faisais toujours quand tu estimais que l'on se mêlait de tes affaires. Au lieu de cela, tu haussas simplement les épaules pour répliquer presque gentiment.

— S'il te plaît, Alban. N'insiste pas.

La lassitude qui perçait dans ta voix ressemblait davantage à une prière qu'à une excuse. Tu ne t'étais pas décollé de la vitre, mais je devinais ton air malheureux. Ébranlé par la souffrance chevillée à ton âme, je me retirai dans l'autre pièce sans pour autant t'abandonner des yeux. Mis à part l'apparition de ce nouveau dauphin, rien ne justifiait l'étrangeté de ton comportement. Cela n'avait aucun sens.

Cette nuit-là, tu t'agitas de longues heures avant de te lever pour sortir de la chambre une fois que tu me crus endormi. Perturbé par ton manège, je m'abstiens toutefois de te suivre. Fatigué par ma journée de travail, je finis par sombrer dans le sommeil pour découvrir que ta place demeurait inoccupée et froide au petit matin. Sans surprise, je te trouvai dans la cuisine. Sentinelle silencieuse, tu contemplais la mer. Les traits tirés et le regard vide, tu rejoignis la table sans un mot pour déjeuner en ma compagnie. J'espérais obtenir un semblant d'explication, mais ton expression fermée m'indiquait clairement d'éviter le sujet.

Le lendemain, puis le surlendemain, un schéma identique se reproduisit. Tu n'écrivais plus, parlais à peine, et passais la plus grande partie de la nuit à guetter je ne savais quoi par la fenêtre. Au matin du troisième jour, ta mine de papier mâché m'affola et ce fut là que je me souvins de Fabrice. La trentaine, plutôt beau gosse, toujours bien mis de sa personne et issu d'une des familles

les plus en vue de la région, il exerçait en tant que médecin généraliste à Fécamp. Il figurait surtout parmi les rares amis de Dimitri à vous rendre autrefois visite à la villa.

Je l'avais croisé trois ou quatre fois, et il nous avait accompagnés lors d'un vernissage. Il m'était apparu plaisant et nous avions sympathisé. Je l'aurais volontiers invité à prendre un verre après la disparition de ton amant si tu ne m'avais pas fait comprendre que tu préférais l'éviter. Pensant que tu réagissais ainsi pour te protéger de tout ce qui te rappelait ta vie passée, je n'avais pas insisté, nous privant de ce fait d'un excellent docteur aux dires de sa patientèle.

Dimitri m'avait raconté l'avoir rencontré suite à une grosse foulure survenue sur un cours de tennis. Fabrice jouait juste à côté de celui où vous évoluiez et il s'était naturellement porté à sa rescousse pour le soigner. Ils avaient immédiatement fraternisé, et bien que tu te méfies de tout ce qui se rapproche du corps médical, tu l'avais assez vite accepté dans votre sillage. Une amitié basée sur un accord de goûts et de caractères, bien différente de celle que nous allions ensuite partager, et qui ne menaçait en rien votre amour.

Tout du moins était-ce la version épurée à laquelle Dimitri tenait à te faire adhérer. Des années plus tôt, profitant d'un de nos tête-à-tête un soir où tu t'étais isolé pour écrire, il m'avait confié :

— Quand Cédric est venu me demander asile, il était sujet à des crises d'angoisse. Parfois violentes. Et la mauvaise entente avec son frère n'en était pas la seule responsable. Il a fallu deux ans pour qu'il s'en débarrasse. Il a l'air fort comme ça, mais je ne parierais pas qu'elles ne réapparaîtront jamais.

Dimitri avait une façon bien à lui d'évoquer les vérités cachées. J'avais appris à les décoder et mon intuition m'avait soufflé la réponse adéquate.

— Ton amitié avec Fabrice est biaisée, n'est-ce pas ?

— Oui et non. J'apprécie énormément Fabrice, et je sais qu'il amuse Cédric. Mais si j'avais la certitude de ne pas avoir un jour besoin d'un médecin pour le calmer, je ne lui imposerais pas sa présence.

Sa logique paraissait cohérente et j'avais approuvé en hochant la tête.

— Un petit désagrément pour éviter un gros ennui.

— Exactement.

Cette manière de désamorcer une réaction épidermique de ta part me semblait aussi mignonne qu'elle me laissait dubitatif quant au niveau réel de ta naïveté.

— Et tu le crois suffisamment aveugle pour ne rien remarquer ? avais-je demandé avec une moue critique.

Un brin de condescendance au fond des yeux, Dimitri m'avait rappelé la force de votre complicité.

— Il fait comme si, mais il est au courant.

— Et il ne se rebelle pas ? m'étais-je étonné.

— Pourquoi le ferait-il ? Je lui offre la possibilité de soulager une éventuelle rechute sans que quiconque s'en aperçoive, qui plus est en ménageant les fantômes de son enfance. Je ne lui ai pas caché l'intérêt de la profession de Fabrice dans ce cadre.

Naturellement, il a tenté de résister avant d'admettre l'utilité de mon idée.

Une fois de plus, ton amant m'assénait une leçon. À cette époque, il m'avait également parlé de la maladie de ta mère, et j'avais rebondi correctement sur le sujet en demandant :

— Il craint que certains mélangent tout en se remémorant de vieux souvenirs ?

— Quelque chose comme ça, oui. Fabrice le soignera sans faire de vagues si besoin, et son frère n'en saura rien.

Cette dernière assertion avait ravivé ma curiosité.

— Qu'est-ce que son frère vient faire dans cette histoire ? Je croyais qu'ils avaient totalement coupé les ponts depuis que vous êtes ensemble ? De plus, Cédric est adulte.

Je n'oublierai jamais le regard lourd de sous-entendus de Dimitri alors qu'il m'informait.

— Yvan appartient surtout à une famille suffisamment influente pour être averti du moindre faux pas de Cédric. Il lui fout la paix parce que ma propre famille pèse un poids non négligeable dans le milieu que nous fréquentons, mais il n'aura aucun scrupule à intervenir s'il redoute un scandale.

— Un scandale ? Parce que Cédric déprime un peu et que des cons risquent de faire de savants amalgames ? C'est bien peu connaître son frère s'il pense ça. Lui qui déteste s'exposer en public préférerait s'enterrer vivant plutôt que de prêter le flanc à ce genre de ragots.

Outré par une telle éventualité, j'espérais que ma remarque clorait la discussion, mais ton amant m'avait détrompé d'un air préoccupé, sans perdre pour autant ce calme flegmatique qui le caractérisait.

— Sauf s'il l'imagine atteint par la même pathologie que leur mère. Cédric a fini par souffrir du comportement de cette dernière. Elle était ingérable à la fin. Ce qui n'empêche pas Yvan de lui reprocher de s'en être tenu éloigné. Et pas vraiment pour la bonne cause. Alors que Cédric intériorisait en se refermant sur lui-même, Yvan vivait ça comme un préjudice dans l'ascension de sa propre carrière. Tu ne rates rien à ne pas le connaître. Ce type est une pourriture qui n'hésiterait pas à le faire enfermer pour satisfaire son ambition. En partant de ce constat, crois-moi, Fabrice vaut bien la petite place qu'on lui accorde. Et j'aimerais que tu te le rappelles.

En songeant à cette conversation, je réalisai que Dimitri planifiait déjà un avenir dont il craignait d'être évincé. Voilà des mois que je ne pensais plus à lui comme s'il pouvait encore nous entendre, mais ce soir-là, silencieusement, je le remerciai. Te rejoignant dans le salon où mon regard inquiet avait fini par te chasser, je me laissai tomber à tes côtés sur le canapé. Une attitude conquérante qui t'obligea à relever le nez du magazine que tu feuilletais distraitement.

— Toujours pas décidé à me dire ce qui te tracasse ? attaquai-je.

— Rien ne me tracasse, répliquas-tu en replongeant dans ta lecture. J'ai juste besoin de prendre un peu de recul.

— Vis-à-vis de moi ?

Le problème se situait ailleurs, je le savais, mais je ressentais l'envie de te déstabiliser. La brutalité de ma question agit comme je l'espérais. Tes yeux croisèrent à nouveau les miens et tu répondis d'un accent sincère :

— Non, qu'est-ce que tu vas chercher ?

— Tu ne me parles presque plus ces jours-ci, te rappelai-je. Tu évites de rejoindre la chambre avant que je sois endormi et tu te lèves au petit matin. C'est tout juste si j'ai l'impression que tu me remarques lorsque je rentre.

À mes paroles, ton visage se voila soudain d'une détresse que j'eus du mal à ignorer. Apparemment, mes reproches t'atteignaient.

— Ça n'a rien à voir, te défendis-tu. J'ai simplement besoin de réfléchir.

Je résistai de plus en plus difficilement à l'envie de t'attirer entre mes bras. Et pourtant, il le fallait.

— À quoi ? insistai-je sans bouger.

Plaquant le magazine sur le divan, tu te relevas brusquement pour t'éloigner de quelques pas en grommelant d'un ton agacé.

— Tu ne comprendrais pas.

— Si tu ne me dis rien, je vais effectivement avoir du mal à comprendre. Et ton silence ne m'aide pas à ne pas tenir compte de ton attitude. Tu ne manges plus, tu dors à peine. Je m'inquiète pour toi. Ne le prends pas mal, mais peut-être devrais-tu consulter Fabrice, achevai-je en abattant ma carte maîtresse.

Comme je le craignais, tu te retournas pour me foudroyer du regard.

— Non !

La moue blessée qui accompagnait ton exclamation outrée me remua. Tu semblais perdu, presque accablé face à mon manque d'empathie. Tendant la main, je voulus te démontrer la fausseté de mon apparente impassibilité. Vif comme l'éclair, tu te réfugias dans la bibliothèque en claquant la porte. Malgré un essai conciliant à travers le battant pour t'inviter à me rejoindre à table un peu plus tard, je ne te revis pas de toute sa soirée.

Ébranlé par mon échec, je t'attendis une fois de plus en vain avant de m'endormir. Au matin, le déclic du verrou dans la salle de bain m'avertit que tu tenais toujours à m'éviter. Ta réaction disproportionnée me confortait dans l'idée que tu te noyais dans un problème insoluble, et je partis travailler l'esprit agité. Il devenait évident que je n'obtiendrais pas de réponse sans te pousser dans tes retranchements, quitte à te braquer durablement.

Déterminé à t'aider, j'espérais rentrer rapidement. Les soucis ayant souvent tendance à s'agglomérer en vrac au plus mauvais moment, une réunion de bureau imprévue en décida autrement. *A contrario* de mes projets, je quittai les locaux de la société qui m'employait depuis maintenant trois ans plus tard qu'à l'accoutumée. Bien entendu, j'avais tenté de te joindre plusieurs fois par téléphone. Tu n'avais pas décroché ni répondu à aucun de mes messages, et j'ignorais si tu les avais lus.

C'était la première fois que tu réagissais avec autant de détachement. Je n'aimais pas te savoir seul, et je me pressais pour revenir chez nous en négociant les virages longeant la côte aussi vite que je le pouvais. L'après-midi touchait à sa fin, le ciel gris rendait l'horizon encore plus sombre. J'arrivais enfin au pavillon alors que les premières lumières s'allumaient dans les habitations du voisinage.

Négligeant de rentrer la voiture dans le garage, je montai quatre à quatre les marches de l'escalier extérieur. Tu n'étais pas dans le salon et j'obliquai vers la cuisine. Depuis trois jours, j'avais appris à détester te découvrir debout devant cette fenêtre, mais à cet instant, j'aurais tout donné pour que tu t'y tiennes.

La pièce était vide.

En évidence sur la table, ton téléphone m'asséna le coup de grâce. Tu ne t'en séparais pratiquement jamais. Fou d'inquiétude, je parcourus le rez-de-chaussée et l'étage au pas de charge. La maison était déserte. Fébrilement, je vérifiai que tes vêtements demeuraient toujours dans l'armoire, ce qui ne me rassura en rien. Il restait néanmoins encore un lieu que je n'avais pas exploré, et je ressentis cette angoisse qui n'en finissait pas de me déchirer lorsque je te savais seul près de la mer.

Alors que je traversais le jardin en courant, je notai combien les dernières lueurs du jour tombaient vite. Si tu te trouvais vraiment en bas, il était plus que temps de t'obliger à remonter d'urgence. Inutilement, je me penchai du haut de la falaise. La marée portait déjà trop loin le moutonnement des vagues pour que ma vue embrasse la totalité du cordon de plage. Mon emploi m'amenait heureusement à crapahuter souvent sur les rochers, et je n'avais pas quitté mes chaussures. De bonnes chaussures de marche, dotées de crampons à toute épreuve, aptes à me faciliter la descente. L'heure tardive devenait mon ennemi, mais je dévalai la pente malgré le danger.

Enfin, je t'aperçus. Tu ne te tenais pas à plus de deux mètres de la paroi. Assis en tailleur à même les galets, le regard fixé sur l'horizon, insensible à l'écume des vagues qui atteindrait bientôt tes rangers. À la fois rassuré et mortellement inquiet, je m'approchais de toi. Le fracas des déferlantes ne couvrait qu'imparfaitement le bruit de mes pas. Tu ne bougeais pas et ton immobilité me crucifia davantage. Mon intervention de la veille était-elle responsable de ta fuite en avant ?

Debout derrière toi, je n'avais pas besoin de t'interroger pour deviner ce que tes yeux désiraient voir. Ton beau visage tourné vers la pointe sud, indifférent aux rafales qui rabattaient sur tes joues quelques mèches de ta chevelure tombant sur tes épaules, tu contemplais désespérément l'agitation des flots. La houle était forte ce soir-là. Mes connaissances en biologie marine demeuraient parcellaires, elles étaient néanmoins suffisantes pour me certifier que tu patientais inutilement. À moins d'y être poussés par une raison exceptionnelle, les dauphins resteraient prudemment au large.

La lumière du jour déclinait vite, et la marée gagnait un peu plus à chaque retour de vagues. Bientôt, tu serais trempé. Soufflant en bourrasque, le vent d'automne me transissait jusqu'aux os malgré la doublure de ma parka. Attiré comme une marionnette dépourvue de sens commun sur cette grève, tu étais sorti sans te vêtir correctement. Tu ne portais qu'un pull léger que les embruns humidifiaient déjà. Te rendais-tu seulement compte du tremblement qui agitait ton corps ?

Modulant ma voix pour couvrir le ressac sans paraître crier, j'énonçai en dissimulant tant bien que mal l'inquiétude qui me nouait le ventre :

— Tu devrais rentrer. Il fait froid et la nuit ne tardera pas à tomber.

Insensible à l'eau qui léchait maintenant tes chaussures, tu m'ignoras. Comme tu le faisais depuis quatre jours. Tu allais m'en vouloir, mais objectivement, je ne pouvais pas te laisser là. Étouffant un soupir désolé, je me penchai pour te relever. Mes mains se plaçaient sous tes aisselles quand je t'entendis dire d'un ton mécanique :

— Il n'est pas venu ce soir.

Je n'avais pas besoin que tu précises pour savoir de qui tu parlais et un sentiment de jalousie impulsive me traversa. À mon goût, tu te préoccupais toujours trop de tes protégés, mais je ne t'avais encore jamais entendu en favoriser un au point de ce grand dauphin sombre. Mon agacement dut être sensible, car je te vis gracieusement incliner la tête en arrière pour ajouter :

— Il n'est pas ordinaire.

Comme si cette assertion pouvait gommer l'incompréhension que je ressentais. Raffermissant mon étreinte, je parai au plus pressé en t'obligeant à te relever.

— Viens, il reste suffisamment de lumière pour distinguer la mer vers la pointe. Nous l'attendrons du haut de la falaise.

Alors que la dissolution du crépuscule dans la noirceur de la nuit se comptait à présent en minutes, incroyablement, ma proposition eut l'air de te convaincre. Dépliant tes longues jambes, tu te redressas. Le dos voûté et les bras serrés contre ton torse, tu adoptais l'allure d'un bel et grand oiseau décharné. J'avais déjà remarqué ce changement préoccupant, mais je crois que ce fut réellement à ce moment-là que je pris conscience de ta minceur devenue maigreur. Ôtant ma parka, je t'en couvris. M'adressant un pauvre sourire, tu marmonnas en claquant des dents.

— Merci.

Il faisait un froid de canard, mon pull de gros lainage me protégeait cependant dix fois plus que le tien. Ce n'était toutefois pas une raison pour traîner en route et je te poussai fermement du côté du chemin en maintenant une main sur ton épaule. L'étroitesse du sentier ne me permit malheureusement pas de conserver ce contact. Je redoutais qu'une fois libéré de mon emprise, tu ne te rebelles. Sans doute épuisé par tes insomnies, tu entrepris docilement l'ascension.

Tu marchais doucement devant moi. En général, je peinais à te suivre. Ce soir-là, ce fut à peine si je remarquai ton aisance coutumière. Tu progressais d'une allure si lente, lourde, et comme absente, que je redoutais de te voir buter contre les pierres. Arrivé en haut, je retins un soupir de soulagement.

Le vent chassait les nuages vers l'est, et la nuit installait ses premières étoiles sur sa toile d'encre. Dans l'état où tu te trouvais, tu n'aurais vraisemblablement jamais pu remonter dans le noir. Je venais probablement de te sauver la vie. Je n'en ressentais aucune fierté, simplement le réconfort de te savoir sain et sauf et une immense angoisse concernant les prochains jours. Non seulement tu avais une fois de plus rompu ta promesse, mais tu l'avais fait dans les pires conditions. Le plus inquiétant, c'était que tu ne semblais pas t'en rendre compte.

Immobile depuis la fin de notre ascension, tu tournais obstinément le regard vers la mer. Il faisait à présent si sombre que rien ne permettait de distinguer la pointe sud, et encore moins si quelque chose nageait autour. Je n'osais pourtant pas te contraindre à poursuivre vers la maison. J'attendais ton bon vouloir. D'interminables minutes passèrent, puis tu pris enfin conscience de ma présence. Obtempérant à ma prière muette, tu te rendis à l'évidence.

— Tu as raison, il ne viendra pas ce soir.

Ordinairement, tu te souciais du groupe entier. Ce singulier me préoccupa. Je tus néanmoins ma curiosité. L'endroit se prêtait mal à un interrogatoire et tu n'étais vraiment pas au mieux de ta forme pour répondre. Gentiment, je t'entraînai vers notre foyer.

— Alors rentrons.

Tu m'emboîtas le pas sans opposer de résistance et je te guidai comme un enfant à l'intérieur. Mis en évidence par la lumière du salon, ta pâleur et les traits tirés de ton visage m'effrayèrent. Conscient de mon inquiétude, pour une fois, tu ne cherchas pas à t'en sortir d'une pirouette.

— Je suis fatigué, Alban. Vraiment fatigué. Si tu es d'accord, j'aimerais m'étendre à tes côtés.

Je m'attendais si peu à ta requête que je ne pus qu'opiner de la tête. Il était encore très tôt dans la soirée et je n'avais pas mangé, mais à cet instant mon estomac représentait le cadet de mes soucis. Tout était tellement étrange que je te suivis dans le couloir des chambres sans rien ajouter. Sans un mot, tu te déshabillas avant de glisser dans le lit. Ôtant mes affaires, je m'enfonçai à mon tour sous la couette.

Tu frissonnais de froid et je t'attirai entre mes bras. Un baiser tendre sur l'aile du nez récompensa mon initiative. Après des jours d'indifférence, ton abandon me troublait davantage qu'une déclaration passionnée.

— Demain, il faudra que je te raconte quelque chose, chuchotas-tu soudain, à moitié endormi.

Tu grelottais toujours et je me mis à te frotter doucement le dos pour te réchauffer. Progressivement ta peau se détendit sous mes doigts tandis que ton cœur retrouvait un rythme plus calme. Étouffant un petit soupir d'aise, tu te rencognas contre mon épaule. La régularité plus profonde de ton souffle m'apprit que tu venais de sombrer dans le sommeil et j'embrassai ta chevelure. Je t'accordais encore une nuit de tranquillité, mais la situation ne pouvait plus durer.

# Chapitre 8 : Une visite inattendue

Tu te brisais, et le sourire matinal que tu m'adressas quand je quittais notre lit ne changeait rien à ce constat. L'éclat pourtant apaisé de ton beau regard ne parvenait plus à me tromper. Mon petit déjeuner englouti, je passai un coup de fil pour avertir mes collègues qu'une urgence m'obligeait à prendre un jour de congé exceptionnel. Je fonçai ensuite au garage pour téléphoner discrètement à Fabrice.

J'avais conscience de te trahir, mais mis à part lui, je ne voyais pas qui d'autre appeler au secours. Ma sœur Émilie serait certainement accourue pour t'aider. Néanmoins, malgré la sympathie que tu éprouvais pour elle, je ne te jugeais pas en état de la recevoir. Encore moins de lui faire les confidences qui lui auraient permis de gérer cette crise. Fabrice avait l'avantage de connaître une partie de ton histoire et suffisamment ton caractère pour évaluer correctement l'impact de ta réclusion depuis la disparition de Dimitri.

Je redoutais ta réaction, mais en l'occurrence, subir ta colère me paraissait plus judicieux que de te laisser glisser davantage dans cette folie douce dont je n'entrevoyais pas la cause profonde.

Par chance, j'avais conservé le numéro personnel de Fabrice et je pus le contacter avant qu'il n'ouvrît son cabinet. Rapidement, je lui expliquai la situation. Dimitri avait dû être particulièrement explicite, ou bien mon exposé était singulièrement alarmant, toujours est-il qu'il m'écouta religieusement avant de me dire qu'il arrivait. Te rejoindre ensuite pour l'attendre sans rien te révéler fut un des moments les plus difficiles de ma vie.

Je traînassais dans la salle de bain depuis trop longtemps et tu finis par demander :

— Tu ne pars pas travailler aujourd'hui ?

Ta question n'était pas agressive. Tu redevenais nettement plus cordial à mon égard et je répondis sincèrement, en espérant ne pas te heurter.

— Non, j'ai décidé de rester près de toi et j'ai pris un jour de vacances.

Ton sourire retrouva un instant son éclat tendrement moqueur alors que tu répliquais :

— Je vais bien, Alban. Je t'assure. Et c'est grâce à toi.

— Tu vas mieux, mais je crois qu'une discussion s'impose, te contrai-je en empoignant ma brosse à dents pour éviter de préciser avec qui.

Intrigué, tu m'observais avec acuité. Peu disposé à engager l'affrontement avant l'arrivée de Fabrice, je m'absorbai dans un nettoyage consciencieux de mon émail dentaire, en m'abstenant de croiser ton regard. Lorsqu'au bout de plusieurs minutes je reposai l'appareil électrique, tu étais passé sous la douche. J'en profitai lâchement pour sortir de la pièce en catimini. J'achevai d'enfiler le sweat que je réservais à mes moments de confort à la maison quand j'entendis une voiture se garer dans la cour.

Ouvrant la porte, je me retrouvai sans surprise face à Fabrice. Engoncé dans un manteau de tweed épais, sa sacoche de médecin à la main, il faisait très professionnel. Nous ne nous étions pas revus depuis la cérémonie funèbre censée marquer l'enterrement de Dimitri, mais il m'aborda d'une tape sur l'épaule réconfortante, comme si nous nous étions quittés la veille. Au moins ne faisait-il pas partie de ceux qui me reprochaient de t'avoir offert l'hospitalité en pensant que je trahissais ton amant.

— Où est-il ?

— Dans la salle de bain. Il ignore que je t'ai appelé. Entre, je te précède.

Notre bref échange eut l'art de te faire apparaître. Ton peignoir mal ajusté et tes cheveux mouillés affichaient clairement ta précipitation. Sans doute m'épiais-tu de derrière la paroi translucide de la douche et mon départ t'avait incité à te méfier.

— Je pourrais mal le prendre, m'interpellas-tu sans même saluer notre visiteur.

— Et tu aurais tort, rebondit Fabrice en me dépassant pour se porter à ta hauteur. J'aimerais te parler. Simplement te parler.

La respiration soudain figée, je redoutais un esclandre tout en te suppliant des yeux. Durant quelques interminables secondes, tu te contentas de me fixer en silence. Puis tu invitas d'un geste notre visiteur à te suivre dans ta chambre. Alors que le battant se refermait, tu m'accordas ce regard teinté d'ironie amusée dont tu abusais autrefois. Un aperçu infime de l'ancien Cédric, qui me redonna espoir.

Je ne sus jamais ce qui se dit entre vous. Plus d'une heure s'écoula, la porte close. Vous discutiez à mi-voix, de façon si ténue que je n'entendais rien. Lorsque Fabrice sortit enfin de la pièce, tu ne l'accompagnais pas. Il était tenu au secret professionnel et je me retins de l'interroger. La curiosité ne m'en dévorait pas moins. L'inquiétude aussi. La nature de la relation instaurée entre nous par Dimitri, et surtout le fait que je sois le seul à maintenir un lien réel entre toi et le reste du monde, l'incita néanmoins à me glisser quelques mots en arrivant sur le perron.

— Surveille-le.

J'avais besoin qu'il précise sa pensée.

— Tu considères que son état pourrait s'aggraver ? demandai-je.

— Je considère surtout qu'il n'a toujours pas fait son deuil et qu'il a besoin de se changer les idées. Voilà trop longtemps qu'il remâche la disparition de Dimitri. Il est en pleine dépression. La bonne nouvelle, c'est qu'il s'en rend compte, et j'espère que notre discussion le forcera à réagir.

Il ne m'apprenait rien que je ne suspectais déjà, et je poussai mon interrogatoire vers ce qui m'intéressait vraiment.

— Tu lui as prescrit quelque chose ?

— J'ai essayé, mais il refuse d'avaler quoi que ce soit. Il se sent suffisamment fort pour gérer cette crise tout seul.

— Et toi, tu en penses quoi ? insistai-je.

Ton apparition derrière nous interdit à Fabrice de me répondre avec franchise, mais alors qu'il me serrait la main pour prendre congé, je lus dans son regard l'importance de prendre soin de toi.

— Rappelle-toi mon conseil, lança-t-il encore à ton adresse. Sors un peu de tes bouquins et tâche de renouer avec tes amis. Tu as mon numéro privé. Si besoin, n'hésite pas à me contacter. À toute heure du jour ou de la nuit.

Acquiesçant d'un hochement de tête, tu attendis qu'il remonte dans sa voiture pour remarquer d'un ton étrangement neutre :

— Tu n'as pas pu t'en empêcher.

— De quoi ? répliquai-je, faussement ingénu, alors que nous retournions dans le salon.

— De l'interroger sur mon état.

— Tu ne l'aurais pas fait à ma place ?

Ma franchise en forme de question désamorça ton agacement, et tu me concédas :

— Si, et je me serais même débrouillé pour assister à votre conversation.

Tu venais de t'arrêter devant la grande baie vitrée donnant sur le jardin pour me faire face. Un rayon de soleil éclairait le sourire léger qui ourlait à présent tes lèvres. Il n'en fallut pas davantage pour me chavirer. Si j'avais su que Fabrice obtiendrait si facilement ce miracle, je l'aurais appelé bien plus tôt. Ronronnant de satisfaction intérieure, je notai sans y prendre vraiment garde ton œil pétillant d'exaltation. Ton humeur fluctuant entre deux extrêmes aurait dû m'alerter. Mais une fois de plus, je me perdis dans la beauté de tes iris frappés par la lumière.

— Tu n'as plus à t'inquiéter, ajoutas-tu, passant les bras autour de mon cou. J'avais seulement besoin de faire le point.

Je désirais profiter de ce moment et il paraissait évident que tu souhaitais tirer un trait sur l'étrangeté des jours précédents. Une dernière once de prudence me souffla cependant la réponse adaptée.

— Tu m'as fait vraiment peur, Cédric. Et pas seulement parce que tu es descendu sur la plage sans te soucier de ta sécurité. La marée montante était presque au plus haut. Comment pouvais-tu rester ainsi immobile, alors que tu sais que la mer lèche les pieds de la falaise dès que le vent se lève ?

Au fur et à mesure de mes paroles, ton beau visage se noyait sous un air de culpabilité bien réel. Je détestais te faire souffrir, mais ce jour-là, ton expression me rasséréna. Si tu concevais la stupidité de tes actions, alors tu étais effectivement en capacité de remonter la pente sans l'aide un peu coercitive de Fabrice.

— Pardon, répondis-tu d'une mine contrite. Il y a des moments où je me dis que je ne te mérite pas.

Je m'apprêtais à rétorquer que c'était moi qui bénéficiais d'une chance extraordinaire, celle de serrer dans mes bras l'homme que j'aimais, quand voilant à demi tes yeux derrière tes longs cils, tu approchas tes lèvres pour les sceller aux miennes. Langoureux, doux et tendre, ton baiser gommait ces journées d'indifférence où j'avais redouté de te perdre. Emprisonnant ma nuque d'une main possessive, tu approfondis ce baiser jusqu'à ce que j'oublie que rien n'était encore réglé.

Libérant enfin ma bouche, tu collas ton front contre le mien, comme si tu ne pouvais plus te détacher de moi.

— Te rappelles-tu que je dois te parler de quelque chose ? murmuras-tu en refusant de croiser mon regard.

Tu conservais les yeux baissés et je te connaissais assez pour interpréter ce signe. Il trahissait ton hésitation. Brutalement ramené à la réalité, je décidai de ne pas te brusquer.

— Oui, tu en as vaguement fait mention avant de t'endormir.

Ton nez frôlait toujours le mien. Inclinant légèrement la tête, je jouai à mêler nos souffles jusqu'à t'étourdir suffisamment pour t'obliger à plonger tes iris dans les miens. Cueillant délicatement tes joues entre mes paumes, j'ajoutai d'un ton que j'espérais convaincant :

— Tu peux tout me dire.

Rivés au mien, tes yeux clairs cillèrent une fois avant de te confier.

— Sais-tu que dans l'antiquité, les Grecs vénéraient les dauphins ?

Durant quelques instants, seuls les cris d'une mouette volant en haut de la falaise emplirent la pièce. Tu avais l'art de me déstabiliser. Je me doutais qu'à un moment ou un autre, ton intérêt pointerait de nouveau vers les dauphins, mais en quoi le ressenti des Grecs à leur égard t'importait-il ? Et puis après le baiser que nous venions d'échanger, je m'attendais à autre chose. Avec toi, j'aurais pourtant dû admettre que tout était possible.

— Non, balbutiai-je, un peu ahuri.

Te penchant à mon oreille, tu poursuivis en sourdine, comme s'il s'agissait d'un secret.

— On raconte que Dionysos, le dieu du vin, de la folie et de la démesure, embarqua un jour sur un navire en partance pour Naxos. Il voyageait sous l'apparence d'un simple humain, mais un humain suffisamment beau pour éveiller la convoitise. Surprenant une conversation de l'équipage, il découvrit qu'on projetait de le vendre comme esclave une fois arrivé au port. Alors la colère le saisit. Et sais-tu ce qui s'ensuivit ?

— Je l'ignore, répondis-je en me demandant où tu voulais en venir.

Contrairement à toi, je n'avais jamais été féru d'histoire, et mon travail me branchait davantage sur les problématiques maritimes liées à l'avenir que sur les légendes se référant au passé. Ton attitude me désorientait. Tu agissais comme si tu partageais un véritable secret, alors qu'il suffisait d'ouvrir un livre pour s'imprégner de ce ramassis de niaiseries.

Conservant ton chuchotement, tu repris en continuant de coller ta joue contre la mienne :

— Usant de son pouvoir, il changea les rames en serpents. De la vigne envahit rapidement le bateau tandis que jouaient des flûtes invisibles. Pris de panique, les marins se jetèrent à l'eau. Ils se seraient noyés si Poséidon, trouvant le châtiment un peu rude, n'avait pas décidé d'intervenir en les transformant en dauphins. Le dieu des océans les accueillit dans son royaume, mais pour leur apprendre la compassion, il les chargea aussi d'une mission : qu'ils secourent dorénavant les hommes sur le point de périr en mer. Toutefois, cet objectif n'illustre que le reflet de la beauté de l'histoire, car le plus extraordinaire, c'est qu'ainsi métamorphosés, ces dauphins gardent en partie leur humanité.

Je n'aimais pas le présent que tu employais subitement.

— Comprends-tu ? achevas-tu en te détachant de moi. Pour les Grecs, tuer un dauphin revenait à tuer un homme.

Reculant d'un pas, tu m'offris ton plus lumineux sourire. De ceux qui m'ôtaient généralement le sens de la répartie correcte. Mais pas cette fois-ci. Je subodorais la finalité de tes propos, et ils m'apparaissaient bien trop graves pour t'accorder cette victoire. Me raccrochant à l'espoir infime que je me trompais, je formulai d'un air faussement naïf :

— Et cela t'amène à quelle conclusion ?

— Que tout est possible pour qui sait regarder et croire, m'assenas-tu avec conviction. Personne n'a jamais retrouvé le corps de Dimitri. Il patiente peut-être quelque part sur une île, ou bien il a croisé sur sa route une de ces énigmes dont les hommes n'ont pas encore percé le mystère.

Effaré, je t'interrompis.

— Tu crois aux Dieux grecs et à leurs dons miraculeux maintenant ?

Sans doute rattrapé par un reste de raison, tu répondis, un peu gêné :

— Non, mais on peut rêver.

— Rêver, oui, rebondis-je, presque soulagé. Mais pas au prix d'un espoir insensé.

— Tu as tort, te rembrunis-tu en te détournant pour fixer le paysage par la fenêtre. De toute façon, à quoi devrais-je m'attendre de la part d'une personne qui ne jure que par les avancées de la science ? Il y a des moments où cela te rend vraiment obtus.

Vexé par ta réflexion à l'emporte-pièce, je répliquai un peu sèchement :

— Peut-être le serais-je moins si tu te montrais un peu plus explicite.

Méfiant, ton regard croisa de nouveau le mien. D'interminables secondes passèrent puis, un soupir d'abandon gonflant ta poitrine, tu me confias :

— Ce dauphin, celui qui vient de grossir le groupe, le grand mâle avec une peau plus sombre. Il est différent. Dès le premier jour, il a cherché à se rapprocher de moi. Contrairement aux autres, il nage directement vers la côte quand il me voit sur la plage. Je regrette tellement que la saison m'interdise de le rejoindre en pleine mer. Cela va te paraître fou, mais j'ai la conviction qu'il existe une relation entre Dimitri et lui.

Ton air soudain exalté ne me disait rien qui vaille. Les idées que tu affichais me semblaient délirantes et je ne cachai pas mon inquiétude.

— Tu plaisantes, Cédric ?

Boudeur, ton regard se perdit de nouveau à l'extérieur.

— Non, je ne plaisante pas. Me raccrocher aux théories les plus improbables, c'est tout ce qu'il me reste.

Ton outrance pointait maintenant vers un manque de reconnaissance blessant à mon égard. Tu oubliais un peu vite l'amour inconditionnel que je te portais. Je te trouvais injuste, mais je remarquai surtout une fragilité que tu dissimulais bien mal. La tendresse des mots qui nous avions échangés quelques minutes auparavant contredisait la rudesse de ton attitude présente. Pour résumer en adoptant ton nouveau thème de prédilection : tu oscillais de Charybde en Scylla.

Posant la main sur ton épaule, je commentai simplement :

— Je serai toujours là pour toi, n'en doute jamais.

Tu ne répondis pas, mais sous mes doigts je sentis la tension de tes muscles décroître.

Les jours suivants, je te surveillai sans en avoir l'air. J'avais naturellement repris le travail, mais je ne ratais pas une occasion de t'appeler. Tu décrochais à chaque fois et j'en déduisis que mon harcèlement te convenait. J'en éprouvais un soulagement immense. Ton sommeil redevenait plus paisible. Les matins, je m'éveillais à tes côtés. Tu mangeais également davantage sans que j'aie à fixer ton assiette de manière désolée. Tu écrivais de nouveau. Et tu me cajolais. Je n'entendais plus ton rire, mais j'avais retrouvé ton sourire.

Les journées passaient, exemptes de nouveaux drames. Tu te pliais à ma volonté sans rechigner. J'arrivai à te traîner deux fois au cinéma sans trop de difficultés et je réussis même à t'inciter à m'accompagner au centre commercial pour la corvée des courses hebdomadaires. Il me fallut par contre insister lourdement pour t'emmener à une exposition photo. Ce test était plus délicat. Je savais que tu y croiserais d'anciennes connaissances.

Ta réapparition fit sensation. Une dizaine de personnes t'abordèrent successivement, et je craignis un instant que tu fuies face à leur curiosité pas forcément innocente. Héroïquement, tu parvins à endiguer tes manières de sauvage pour répondre presque aimablement à chacun. Fort heureusement, pas un ne s'attarda plus que nécessaire.

Le premier week-end de décembre, je te conviai dans ma voiture pour rouler jusqu'à Paris afin de rendre visite à mes parents. Cela faisait un moment que je ne les avais pas revus. Le temps de ton accès de déprime sévère, tu refusais de m'accompagner et j'avais décliné toutes leurs invitations ainsi que celles de mes sœurs. Je préférais cependant éviter de les voir débarquer à l'improviste.

Ignorant toujours la nature exacte de notre relation, ils te reçurent avec leur gentillesse coutumière. Ils étaient habitués à ta présence, en tant que celle du colocataire solitaire devenu un ami que je charriais derrière moi en espérant le divertir. Ce mensonge me pesait énormément, mais la situation actuelle se prêtait mal à des révélations inattendues et difficiles à gérer.

Indubitablement, ma famille remarqua ta pâleur et ton manque d'entrain encore plus prononcés qu'à l'accoutumée. En hôtes bien éduqués, ils s'abstinrent toutefois d'aborder la question de front. J'écopai de leur interrogatoire que je satisfis de manière vague. Seule Émilie te couva un peu plus qu'à l'ordinaire, ce dont je lui sus gré.

C'était la première fois que tu quittais la maison deux jours d'affilée depuis une éternité et je me réjouis de ta coopération. Après cette ultime étape, je te ramenai en Normandie l'esprit soulagé. Tout rentrait doucement dans l'ordre. Je le pensais sincèrement, et je passai volontiers sur ta seule exigence qui consistait à me parler librement des dauphins. Tu ne renonçais pas à tes idées loufoques, que tu ressassais au sein de réflexions plus ou moins philosophiques sur la définition de la vie et de la mort. Après tout, m'inclure dans tes extravagances était non seulement un signe de confiance, mais le gage que tu m'autorisais à intervenir si jamais tu dérapais.

Objectivement, j'analysais mal si tu plaisantais ou si tu croyais vraiment qu'un homme puisse se métamorphoser en dauphin. Pour moi, tu poursuivais avant tout des chimères que ton âme créative exaltait. Si ce conte à dormir debout devait me permettre de retrouver le compagnon que j'aimais, je pouvais composer avec la réalité. Tu semblais tellement normal le reste du temps que j'en vins à me persuader qu'il ne s'agissait que d'une bizarrerie réactionnelle, née de ta prise de conscience du décès plus que probable de Dimitri ; un peu excentrique certes, mais sans conséquences durables à partir du moment où tu intégrais l'évidence énoncée par bientôt trois ans d'absence.

À mes yeux, tu cherchais avant tout à te reconstruire. Tu m'acceptais dans le processus et je veillais à ne pas te brusquer en attendant l'heure de te proposer de nouvelles vacances, loin de ces satanés mammifères aquatiques, et plus particulièrement de la dernière recrue du groupe. Cette fois-ci, j'étais décidé à t'offrir une véritable lune de miel. J'avais tout prévu. Tout sauf la trahison de Fabrice.

Suite à notre week-end en famille, j'avais réussi à obtenir quatre journées de congé supplémentaires, en arguant une urgence personnelle. Je savais que tu stressais toujours un peu après ce genre de réunion, notamment du fait du mensonge que nous conservions, et j'étais déterminé à prendre soin de toi le plus tendrement possible. L'après-midi du troisième jour, tu te reposais, allongé sur le divan, lorsqu'un coup de sonnette me précipita vers l'entrée. Pestant contre le malotru qui risquait de te réveiller, j'ouvris la porte.

Sous le porche, se tenait un homme de haute taille, la quarantaine, les cheveux blonds très courts, le visage carré et beau. Il présentait une allure sportive malgré un costume gris vraisemblablement coupé sur mesure. Ses ongles manucurés s'accordaient à des chaussures vernies comme un miroir. Il devait indubitablement se bichonner, et il me fit l'effet du type de bellâtre dont on pouvait s'éprendre au premier regard en plaçant au second plan la découverte d'un caractère.

Sa cravate en soie portait la griffe d'un couturier plutôt cher. Personnellement, je n'en mettais jamais, même lors des réunions avec les grands pontes, et je trouvai que ce détail lui donnait l'air rigide. Un avis totalement subjectif, mais qui m'obligea néanmoins à demeurer sur mes gardes.

J'étais sûr de ne pas le connaître, et cependant quelque chose me le désignait comme étrangement familier. Brusquement je compris. Il possédait des iris identiques aux tiennes, d'une couleur aigue-marine si particulière. La ressemblance s'arrêtait pourtant là. Tes orbes rendaient ton regard lumineux et s'agrémentaient d'un dégradé limpide, plus ou moins prononcé au gré de tes humeurs. Les siennes m'apparaissaient plus froides que le tranchant d'une lame. Le son de sa voix ne démentit d'ailleurs pas cette première impression.

— Bonjour, monsieur Rouvier. Je désirerais voir Cédric.

Sec, autoritaire, désagréable. Il ne se présentait pas, m'entretenait encore moins de ce qu'il te voulait, comme s'il me jugeait trop insignifiant pour cela. Un manque d'affabilité qui ne m'incitait guère à te livrer. Ne bougeant pas d'un millimètre, je répétai pour gagner du temps :

— Cédric ?

Me gratifiant d'un sourire sans chaleur, l'inconnu insista.

— Je sais qu'il habite ici et qu'il quitte peu cette maison.

Ses manières d'homme pressé à qui l'on refuse rarement quelque chose me déplaisaient de plus en plus. J'aurais aimé lui servir un boniment, mais je mentais très mal et la partie me semblait suffisamment défavorablement engagée pour ne pas m'y risquer. Pas question néanmoins de le laisser t'approcher aussi facilement.

— Qui le demande ?

— Son frère.

J'accusai le coup en silence. Rien qu'à ses yeux, j'aurais dû le deviner. À l'aulne du personnage, je comprenais mieux le mépris teinté de colère de Dimitri quand il l'évoquait. Yvan me faisait l'effet d'un prédateur déterminé et dangereux. Sa présence n'avait rien d'une visite de courtoisie. Profitant de mon instant de flottement, il insista en avançant d'un pas.

— Où est-il ?

Me ressaisissant, je bloquai le passage en posant ma main, bras tendu, contre le chambranle.

— Je l'avertirai de votre visite.

Se raidissant, mon interlocuteur haussa légèrement le ton.

— Je sais qu'il est ici, je veux le voir.

— Je n'en doute pas, répliquai-je le plus calmement possible. Mais il n'a peut-être pas envie de vous voir, lui.

Le regard dont il me gratifia aurait fait rentrer sous terre n'importe lequel de ses subordonnés. Je n'en étais pas un et je résistai. S'engagea alors un dialogue qui mit ma patience à rude épreuve.

— Cédric est mon frère, vous n'avez aucun droit de m'interdire de le rencontrer. À moins que vous ne le séquestriez ?

— C'est ridicule.

— Pas si son état le livre à votre bon vouloir.

— Son état ?

— Fabrice m'a averti qu'il traverse une période instable. Vous ne pensiez tout de même pas me sceller aussi facilement cette information ? Je connais bien mon frère. Je l'ai vu se renfermer enfant et agir de façon totalement déraisonnable. J'ai subi sa crise quand il a quitté la maison. Sans Dimitri, il se retrouvait sous les ponts. Il n'a aucun sens commun.

Serrant les dents, je l'écoutais en maudissant Fabrice. Je me retenais difficilement de lui rappeler que c'était son attitude, et elle seule, qui avait autrefois déclenché la crise en question.

— Fabrice l'a rencontré voilà plus d'un mois et vous ne vous manifestez que maintenant ? Drôle de manière de lui montrer votre sollicitude. De toute façon, je n'ai pas à vous répondre.

Bombant le torse de colère, il rétorqua.

— Sachez que si j'avais appris plus tôt que Cédric risquait de se singulariser par des idées morbides, il y a déjà un moment que je m'en serais mêlé.

Le fait qu'il se justifie prouvait que je venais de l'atteindre. Pas dans sa préoccupation supposée pour toi, mais dans son orgueil de mâle qui aimait maintenir tout et tout le monde sous son contrôle. Une petite victoire dont je me rengorgeai intérieurement. Son commentaire m'enseignait aussi que Fabrice ne nous avait pas trahis sciemment. Sans doute avait-il lâché le morceau incidemment, lors d'une rencontre avec cet individu déplaisant. Cela ne l'absolvait en rien, mais je pouvais le comprendre. Il devait être vraiment difficile de résister à Yvan dans certaines circonstances.

— Cédric est majeur depuis longtemps et il se débrouille très bien sans vous, lui rappelai-je sans me démonter. Mais si cela peut vous rassurer, je suis également là pour veiller sur lui. C'est une promesse que j'ai faite à Dimitri.

Comme je l'espérais, le nom de ton ancien amant eut le don de faire briller son regard de contrariété. Visiblement, ces deux-là se détestaient. J'étais là pour suppléer au rôle de Dimitri, et maintenant que je connaissais Yvan, mon serment ne m'en paraissait que plus sacré.

— Je vous conseille de me laisser entrer, tenta de m'intimider ce dernier.

— Sinon ? le provoquai-je en commençant à m'échauffer.

— Alban ?

Ta voix en provenance du salon annihila mes velléités de lutte. Avant tout, je désirais te tenir éloigné.

— Ce n'est rien, répondis-je à ton adresse.

— Au contraire, s'empressa d'intervenir ton déplaisant aîné en haussant le ton. Ton nouveau compagnon n'a rien d'accueillant. Si tu ne veux pas que je lui envoie deux de mes amis pour lui expliquer la vie, tu ferais bien de te montrer.

Il n'en fallut pas davantage pour te forcer à apparaître dans le corridor. Pivotant légèrement pour t'apercevoir, je n'en continuai pas moins d'interdire de pénétrer plus avant à notre visiteur. Pâle comme la mort, tu le fixais comme un revenant. Usant d'une courtoisie de façade, il t'aborda avec une fausse décontraction.

— Eh bien, mon cher Cédric, cela faisait longtemps.

Frissonnant comme si l'on t'avait frappé, tu répondis d'une voix éteinte.

— Pas assez en ce qui me concerne.

Nullement troublé, ton frère enchaîna.

— J'aimerais te parler. En tête à tête. Si tu pouvais convaincre ton nouveau pitbull de s'écarter.

Ses paroles blessantes me hérissèrent.

— Pour ma part, je n'ai rien à te dire, répliquas-tu en m'adressant un regard de soutien.

— Comme tu voudras. Je vais donc exposer ce qui m'amène devant ton ami. Je suis sûr qu'il appréciera de se voir si rapidement impliqué dans nos histoires de famille.

— Laisse Alban en dehors de tout ça.

— Mais je ne demande que ça. C'est toi qui ergotes en refusant que nous nous isolions.

J'allais m'interposer vertement, quand tu m'intimas :

— Libère le passage.

Ta réaction ne m'enchantait pas, et j'affichai ma contrariété.

— Tu es certain ?

Hochant la tête d'un air contrit, tu me dédias un pauvre sourire d'excuse.

— Ne crains rien, ça ira.

À regret, je me déplaçai. D'un geste théâtral, tu indiquas à ton frère la direction de la salle à manger. Un lieu bien plus austère que le salon et peu propice aux discussions interminables. Un instant j'hésitai, et puis je me décidai. Je risquais de m'opposer à toi, mais cet homme me déplaisait trop. S'apercevant que je le suivais, Yvan se retourna pour me jeter un regard hautain.

— Je pensais être clair. Nous avons dit seuls.

— Je ferai ce que je veux chez moi, répliquai-je avec fermeté.

C'était sans compter sur ton intervention.

— Reste en dehors de ça, Alban. S'il te plaît.

Tu y mettais les formes, mais je passais au second plan, qui plus est en étant repoussé de ma propre maison. Et ce n'était pas l'air ironique de ton frère qui allait m'aider à prendre du recul.

Étouffant un juron, je sortis dehors en claquant la porte. D'un pas rageur, je me rendis dans le garage. Il me restait du tri à faire dans des vieux cartons remplis de matériels hétéroclites, et je les empoignai pour farfouiller dedans avec les gestes brutaux de quelqu'un qui chercher à étourdir sa colère.

J'en voulais à ce type de débarquer sans s'annoncer.

J'en voulais à Fabrice de nous placer dans une situation délicate.

Je m'en voulais de mon inutilité présente à ton égard.

Je t'en voulais de me tenir à l'écart.

Et plus que tout, je me sentais mortellement inquiet pour toi.

# Chapitre 9 : Le poids du désespoir

Je n'ai aucune idée du temps que dura ta conversation avec ton frère. J'étais sorti sans ma montre ni mon téléphone portable, et lorsque j'entendis sa voiture démarrer, je songeai avant tout à te retrouver. Curieux et angoissé, je retournai immédiatement à l'intérieur. Je te découvris assis derrière la table de la salle à manger, comme si tu n'avais pas pris acte du départ d'Yvan. Les yeux dans le vague, le menton en appui sur tes mains jointes, tu paraissais changé en statue de sel.

— Cédric ?

Lentement, ton visage pivota de mon côté. Ta frange trop longue balayait ton regard. Pas suffisamment cependant pour me dissimuler l'éclair de folie qui l'habitait. De quoi vous étiez-vous entretenus durant mon absence ? M'approchant à grandes enjambées, je tirai une chaise pour m'installer à tes côtés. J'ignorais ce qui t'avait mis dans cet état, et je demandai sans cacher mon alarme :

— Que s'est-il passé ?

Cherchant à t'apaiser, je posai ma paume sur ton avant-bras. Lorsque tout allait bien ou qu'un souci fugace encombrait ton esprit, tu aimais en général mon contact ; mais ce jour-là, ce fut comme si mon geste te brûlait. Te dégageant brusquement en glissant les coudes plus loin sur la table, tu m'assenas :

— Tu m'as trahi !

Être cueilli de la sorte ne me permit que de sortir un seul mot.

— Quoi ?

— Tu m'as trahi, répétas-tu.

Tu me fixais à présent avec autant de colère que de peine. Un cocktail qui me remuait d'autant plus que j'y voyais la marque de jours sombres que je pensais derrière nous. Prenant enfin la mesure de la gravité de ce que j'ignorais, je tentai de te raisonner.

— Je ne sais pas ce que t'a dit ton frère, mais je n'ai rien à me reprocher à ton encontre.

— Ah, oui ? C'est pourtant bien toi qui as eu l'excellente idée de contacter Fabrice. En me jurant que tu n'avais agi que pour m'aider. Finalement, tu ne vaux pas mieux que lui.

Un peu perdu, je tâtonnai.

— Tu me compares à Fabrice ?

— Non ! À Yvan ! explosas-tu. Il est ravi que Fabrice m'ait examiné. Il va sauter sur l'occasion pour me pourrir la vie.

— Fabrice est médecin, lui rappelai-je. Il est tenu par le serment d'Hippocrate.

En l'occurrence, je m'avançais beaucoup, compte tenu de la précédente visite. Ta réplique me le confirma d'ailleurs.

— Yvan m'a clairement menacé d'internement. Il m'a même confié que tu serais prêt à témoigner dans son sens si Fabrice te le demandait en y mettant les formes. Pour mon bien, paraît-il. Et après ça tu veux me faire croire que tu n'as pas trahi ?

Consterné, je secouais vivement la tête en démentant.

— Je ne ferais jamais une chose pareille.

— Il vient cependant de m'affirmer le contraire, te butas-tu.

Tu ne me quittais pas des yeux. L'acide de l'incertitude qui te rongeait m'atteignait également. Dimitri avait raison : ton frère était non seulement toxique, mais particulièrement rapide pour disséminer son venin.

— Et tu le crois plus que moi ? m'enquis-je, déçu par ta méfiance.

— Je ne sais plus ce que je dois croire.

Des larmes envahirent soudain l'aigue-marine de tes iris, que tu retins à grand-peine. Mon dépit se mua aussitôt en élan de tendresse. J'aurais voulu te rassurer d'une caresse affectueuse, mais je te sentais si tendu, sujet à tant d'interrogations contradictoires, que je renonçai à tenter de te toucher de nouveau. Si tu te braquais, mon geste risquait de compliquer une situation déjà délicate.

— Je lui ai parlé des dauphins, chuchotas-tu en baissant la tête. Et j'ai pris un malin plaisir à lui expliquer le bonheur que je ressens avec eux. J'ai même évoqué l'étrange attitude du grand mâle du groupe. Je n'aurais pas dû… Mais il m'agace tellement à chaque fois que je le vois qu'il faut que je le provoque.

Suivant leur tournure, tes paroles étaient effectivement dangereuses, et j'espérais que pour une fois tu avais muselé les débordements de ton imagination galopante.

— Cédric, te rabrouai-je gentiment.

— Je sais, parfois je me comporte comme un enfant. De toute façon, tout cela c'est aussi de ta faute ! Si tu n'avais pas fait venir Fabrice, jamais Yvan ne se serait manifesté avec cet os à ronger à mon encontre.

Tu m'en voulais visiblement beaucoup, et tu paraissais trop secoué pour que nous en discutions sereinement. Platement, j'essayai de m'excuser.

— Écoute, je suis réellement désolé. Si j'avais su…

— Si tu avais su ? m'interrompis-tu. Mais tu savais. Dimitri t'a parlé d'Yvan et de son insupportable tendance à se mêler de mes affaires. Ne dis pas le contraire. Dimitri me racontait tout. Parce que je n'ai pas réussi à aider notre mère, et parce qu'il redoute qu'un nouveau scandale nuise à sa carrière, mon frère me déteste. Il possède suffisamment de relations pour surveiller tout ce que je fais. Avant d'appeler Fabrice, tu aurais dû y penser.

— Je m'inquiétais pour toi, Cédric.

C'était ma seule justification. Mais à cet instant, elle était insuffisante pour te calmer, et tu réagis à la manière d'un écorché vif.

— En fait, tu ne me faisais pas confiance ! Tu ne me fais toujours pas confiance d'ailleurs. Il n'y a qu'à voir comment tu plisses les lèvres lorsque je parle des dauphins. À partir de ce constat, puis-je avoir foi en toi ? Tu n'as pas hésité à m'imposer la visite de Fabrice, et maintenant Yvan réapparaît dans ma vie.

Dois-je considérer que tu vas t'allier à lui pour me maintenir sur le droit chemin ?

Mal à l'aise, je tentai d'endiguer tes paroles.

— Arrête, tu dis n'importe quoi.

— C'est toi qui ne comprends rien ! Rien du tout ! Dimitri était le seul à qui je pouvais me fier, achevas-tu en te relevant brusquement.

Douloureusement atteint par ta dernière remarque, je ne réagis pas suffisamment vite lorsque tu te précipitas hors de la pièce, raflant au passage ton trousseau de clés qui traînait sur la table. Décrochant ton blouson sur la patère de l'entrée, tu te ruas à l'extérieur. Je m'élançai à ta poursuite, mais tu atteignis ta voiture sans te laisser rattraper. En écoutant l'enclenchement de fermeture des portières mon angoisse se décupla. Anxieux et désolé, je frappai contre la vitre.

— Cédric, attends !

Refusant de me regarder, tu démarras pour partir sur les chapeaux de roues. Tu m'avais toutefois laissé le temps de m'écarter d'un bond. Tout espoir n'était peut-être pas mort et je courus dans la maison chercher les clés de ma propre voiture. Le temps de les trouver, la tienne avait déjà disparu au détour d'un virage.

J'ignorais où tu te rendais, mais mon intuition me guidait sur la route de Fécamp. Lorsque tu te heurtais à une forte contrariété, tu rejoignais toujours les dauphins. Que tu n'aies pas emprunté le chemin de la falaise dénotait que tu déclinais ma présence, pas que tu renonçais à ta lubie. Or il n'existait qu'un autre moyen de les atteindre : le petit bateau que t'avait offert Dimitri. Il restait amarré au port durant la mauvaise saison, mais rien n'interdisait de l'utiliser en cas d'urgence. Inquiet, je jetai un œil du côté de la mer. Sans être houleuse, elle était agitée. Gris et bas, les nuages qui la couvraient menaçaient d'ouvrir leurs vannes à tout moment. La météo ne se prêtait guère au cabotage.

Alors que je roulais, je ruminais la crainte que tu manifestais à l'égard des intentions de ton frère. Pouvait-il exiger si facilement de t'interner ? J'en doutais. Yvan avait beau être de ta famille, il ne te fréquentait plus depuis longtemps, et rien dans ton attitude ne demandait d'en arriver à une mesure aussi extrême. Pourtant, cette idée me taraudait. J'étais loin de connaître les arcanes qui régissaient une hospitalisation sans consentement, mais ta manie d'emprunter un sentier réputé dangereux ne jouait certainement pas en ta faveur. Sans compter tes conversations bizarres avec les dauphins. Moins Yvan en apprendrait, mieux cela vaudrait. Quitte à officialiser notre couple aux yeux de tous, j'espérais parvenir à le contrer sur ce point strictement légal s'il allait trop loin. Néanmoins la position sociale de ses relations me souciait. Nous vivions dans un état de droit, mais je n'étais pas suffisamment naïf pour sous-estimer le pouvoir de l'argent et des accointances de classe. Ta réaction épidermique risquait d'autre part de lui donner du grain à moudre si je ne te rattrapais pas rapidement.

Par quel miracle arrivai-je avant toi sur le port ? Je l'ignore, mais en apercevant la petite embarcation toujours solidement attachée à son anneau, je soupirai de soulagement tandis que je me garais. Un vent frais se levait et dès que je sortis de la voiture, je remontai le col de mon manteau. Un rayon de soleil frappa brusquement les eaux agitées. L'éclat lumineux des vaguelettes m'obligea à détourner les yeux. Relevant la tête, je m'imprégnai du paysage. Tous les bateaux demeuraient à quai, se balançant mollement au gré des flots remuants. L'entrée du bassin pointait sur une mer grise et vide. À droite de ce goulot ouvert sur le large, je voyais nettement se découper la déclinaison escarpée de la falaise, tandis qu'à gauche la perspective dégagée par la digue donnait sur la plage et la houle qui jointait l'horizon.

Engoncée comme un joyau dans les premiers contreforts de la ville, la rade de Fécamp alignait ses mâts et ses coques de manière soigneusement ordonnée. La rue longeant cette anse aménagée était quasiment déserte. La saison n'attirait guère les touristes et plusieurs commerces conservaient le rideau baissé. Non loin du parking situé près des flots, deux pompiers s'affairaient sur une bouche d'incendie grippée, sous le regard intéressé d'un troisième, en appui contre le capot du traditionnel camion rouge.

La plupart des plus petites embarcations disparaissaient sous une bâche. Sans hésitation, je m'avançai sur le ponton où j'apercevais la toile bleue qui protégeait la tienne. Si, comme je le supposais, tu décidais de partir sur un coup de tête, cet élément te retarderait. Un retard que je comptais bien mettre à profit pour te raisonner.

Un peu rasséréné, j'épiai ta venue. N'ayant pas repéré ta voiture sur la vaste aire de stationnement passablement vide, j'en déduisis que tu arriverais par l'artère longitudinale qui bordait le port. Tu déboulas soudain du coin d'une rue traversière. Les mains dans les poches, le front penché en avant et les yeux dissimulés par ta chevelure, tu marchais à grands pas. Tu ne paraissais apparemment pas calmé du tout.

Je suivais ta progression rapide la gorge sèche. Obnubilé par tes démons, tu ne t'aperçus de ma présence qu'une fois engagé sur l'appontement. Ton allure ralentit. Tu continuas néanmoins d'avancer pour t'immobiliser à deux pas de moi.

— Qu'est-ce que tu veux ?

Ta question de pure forme m'obligea à répliquer sans tergiverser.

— T'empêcher de commettre une bêtise.

Relevant le menton d'un air bravache, tu me défias.

— J'irai voir les dauphins, et personne ne me l'interdira.

Me plaçant entre le bateau et toi, j'argumentai en espérant ne pas te heurter davantage.

— La mer est mauvaise aujourd'hui, la nuit tombera vite et tu ne sais même pas où ils sont.

— Ils ne sont jamais loin, répondis-tu d'un ton sec. Ils apparaissent toujours quand je pars en mer.

Comme je le craignais, tu n'étais pas prêt à déclarer forfait. Sortant les mains de tes poches, tu me montras ostensiblement le porte-clés sur lequel s'accrochait celle du cadenas du moteur du hors-bord.

— Pousse-toi de là, grommelas-tu d'un air déterminé.

Je refusai de bouger.

— Au-delà du chenal, les vagues sont vraiment hautes, insistai-je. Tu ne verras pas suffisamment loin pour les repérer. Ils peuvent être n'importe où.

— Non, ils viendront. J'en ai la certitude. Laisse-moi passer maintenant.

Je connaissais ce regard noir. Tu te butais comme un gosse. Ton aplomb m'effrayait et tu me paraissais bien trop fébrile pour que je cède à ton désir. Le souvenir de Dimitri lui-même me hurlait de m'interposer. Sa disparition en pleine mer me rappelait de trop mauvais moments. Mais comment t'arrêter alors que tu t'obstinais si l'on s'opposait à ta volonté ?

Un pauvre sourire de conciliation sur les lèvres, je te suppliai.

— Ne sors pas le hors-bord, je t'en prie.

— Tu ne me retiendras pas, Alban.

— Alors permets-moi de t'accompagner.

— Non.

Ce *non* claqua plus durement pour moi que l'étrangeté de ton attitude. Je me sentais rejeté et le dépit me poussa à agir plus violemment que je le souhaitais. D'un geste vif, je te dérobai ton trousseau de clés en martelant ma décision.

— Je ne te laisserai pas seul dans cet état. Jamais !

À moins de te mesurer physiquement à moi, tu ne pouvais plus ni prendre le bateau ni repartir en voiture. Tu semblais si tendu qu'un instant je craignis que ton poing me cogne. Ta carrure plus frêle et la fatigue qui te minait jouaient en ma faveur, mais il n'était jamais aisé de maîtriser quelqu'un sur un ponton, et je fus soulagé quand tu te contentas de crier ta contrariété.

— Rends-moi ça !

— Non.

— Tu n'as aucun droit de me retenir !

Tu enfonçais le clou là où cela faisait mal, et je ne sais pas comment je réussis à répondre sans manifester ma tristesse.

— Désolé, tu ne me donnes pas le choix.

— Alors si c'est ainsi, je les rejoindrai autrement ! t'écrias-tu.

Et me bousculant au passage, tu partis brusquement en courant sur la plateforme desservant le double alignement des embarcations. Tu te dirigeais droit vers le bout de la passerelle en bois, là où la mer offrait son miroir liquide sans aucun obstacle. Surpris, je mis quelques secondes de trop avant de te poursuivre. Parvenant à retirer ton blouson sans t'arrêter, tu le lanças derrière toi et je manquai m'entraver dedans. Pestant pour garder mon équilibre, je perdis encore de précieux instants.

Je pensais que tu me faisais payer mon intervention en testant simplement mes nerfs, et que tu allais stopper aussi brutalement que tu avais détalé. Je m'apprêtais à ralentir pour ne pas te culbuter quand, incrédule, je te vis accélérer sur le dernier mètre. Inutilement, je tendis le bras pour essayer de te retenir. Ma main n'effleura que le vide alors que tu te jetais à l'eau.

— Cédric !

Mon cri d'effroi couvrit celui d'une femme qui suivait ton manège de la rue et le bruit des éclaboussures. Du parking, un homme se mit à courir vers la marina en hélant les pompiers, tandis que deux autres se précipitaient vers la passe, vers laquelle tu semblais te diriger. Tu nageais bien, fendant les flots d'un mouvement de crawl rythmé malgré les remous créés par l'entrée de grosses vagues venues du large. Une vingtaine de mètres te séparaient déjà de l'embarcadère. Je remarquai néanmoins que tu faiblissais vite, la froideur de l’eau et le poids de tes vêtements expliquant largement cela.

Mort d’inquiétude, j’hésitai un instant à plonger derrière toi. Le contact des clés dans ma main me rappela à temps que je disposais d’un moyen plus rapide et plus sûr pour te ramener. Te quittant difficilement des yeux, je rebroussai chemin vers le bateau. Je l’atteignais quand je croisai deux pompiers qui se portaient à ton secours. Sans un mot, ils me dépassèrent au pas de charge. Arrivé au bout de l’appontement, l’un d’eux se défit de sa veste et de ses chaussures pour sauter dans l’eau, tandis que le second dénouait l’amarrage d’une petite barque à moteur pour la démarrer.

Nageant de plus en plus lentement, tu t’éloignais toujours, et je maudis la distance qui te séparait de l’homme qui crawlait dans ta direction. Je souhaitais qu’il te rattrape le plus vite possible, mais je n’osais imaginer la suite. Comment allais-tu réagir, et comment justifier ton geste ?

Arrachant nerveusement la bâche imperméabilisée du hors-bord, je leur criai sans cacher mon angoisse :

— C’est mon ami, ne lui faites pas de mal !

La main qui se posa sur mon épaule me fit sursauter. Me tournant à demi, j’aperçus le visage bienveillant du troisième pompier. Un trentenaire, grand et tout en muscles, le genre rugbyman, qui rempochait son téléphone pour s’occuper de moi.

— Rassurez-vous, me dit-il de ce ton calme dont on use pour ne pas effrayer les enfants. Mes collègues savent ce qu’ils font. Ils vont le ramener. Et je viens d'avertir que nous le prenons en charge. Que s’est-il passé ?

— Nous nous sommes disputés, répliquai-je d'une voix blanche. C'est de ma faute.

— Il saute souvent à l'eau quand vous vous disputez ?

Que répondre à cela ? J'aurais pu inventer une histoire, dire que je te menaçais. Le problème résidait dans notre manque de concertation et dans mon ignorance de la façon dont tu te ressaisirais. Tu risquais de me contredire dès que tu me verrais. Si Yvan apprenait ton exploit, il gagnait sur toute la ligne. Mieux valait m'en tenir à la vérité en espérant que personne n'irait trop gratter derrière.

— Il a eu une mauvaise journée. Il cherchait à me punir. Mais il n'y a rien de grave dans ce qu'il a fait.

L'homme du feu rétorqua en hochant la tête d'un air sceptique.

— Et c'est sans doute pour ça qu'il continue de nager vers le large ?

Un bruit de moteur interrompit notre aparté. Effectuant une manœuvre pour prendre la mer, le deuxième pompier s'apprêtait à filer droit sur toi. Sa promptitude m'épargnait un mensonge pénible, tout autant que la tâche délicate de bouger le hors-bord serré entre deux voiliers.

— Venez, me pria mon interlocuteur en s'avançant sur le ponton. Ils vont le ramener avec le bateau. Je préfère que vous soyez là quand ils le remonteront. On avisera en fonction de sa réaction.

Silencieusement, je le suivis, incapable de détacher mon regard de la scène qui se jouait devant moi.

Arrivés près de la passe, les deux hommes ayant assisté à ton plongeon t'exhortaient en vain à retourner en arrière. Malgré leurs cris et leurs grands gestes, tu continuais de progresser dans cette direction. De plus en plus lentement. Tes mouvements devenaient lourds, comme engourdis, et je redoutais le moment où tu sombrerais. L'embarcation intensifiait les clapotis et son barreur évitait de s'approcher de trop près. Essayant malgré tout de te raisonner, il t'incitait à t'accrocher à la coque. L'ignorant ostensiblement, tu poursuivais ta route en t'éloignant du ponton.

Enfin, celui qui nageait derrière toi te rattrapa. Adroitement, il t'agrippa. Avec angoisse, je te vis te débattre. À côté de moi, l'homme soupira. C'était le pire des scénarios possibles. Et brusquement, j'eus une illumination. Mettant mes mains en porte-voix, je te criai :

— Pense à ton frère !

L'effet fut immédiat. De naufragé récalcitrant, tu te transformas en pantin docile pour te laisser remorquer. Doucement, le premier pompier amena vers vous le bateau dans lequel il t'aida à te hisser avant de récupérer son collègue. Dépliant deux couvertures de survie, il les déposa sur vos épaules, non sans t'avoir d'abord débarrassé de ton pull mouillé. Puis, s'installant à la barre, il amorça un large virage pour revenir vers le quai.

Anxieusement, j'attendais. Dès que l'embarcation toucha l'appontement, l'homme à mes côtés tendit la main à son camarade trempé, pour l'extraire d'une poigne ferme du hors-bord.

— Il y a des affaires de rechange dans le camion, lui signifia-t-il, en le gratifiant d'une tape amicale dans le dos. Va, on s'occupe de lui.

Ce *lui* sonna à mon oreille de façon fort défavorable, et je commençais à me convaincre que je devrais livrer une bataille difficile pour te soustraire à leur intervention. Assis sur la plate-bande en bois, les yeux baissés, tu frissonnais de la tête aux pieds. Avec tes cheveux trop longs, plaqués et dégoulinants, tu ressemblais à un chiot abandonné sous la pluie, et mon cœur s'emplit autant d'inquiétude que de tendresse.

T'incitant d'une voix douce à te relever, le second pompier te guida vers celui qui paraissait commander. Saisissant tes avant-bras comme si tu avais été une poupée de verre, ce dernier veilla à te faire toucher la terre ferme sans que tu aies à te soucier des roulis de la barque. Je ne m'attendais pas à tant de délicatesse de la part de ce colosse, et je lui sus gré de l'attention qu'il te portait. Suivant la manière dont il interprétait ton geste, je redoutais néanmoins qu'il n'insiste pour t'emmener aux urgences. Tout se jouerait dans les minutes à venir, et je me tendis quand il t'aborda avec un large sourire.

— Dites-moi, on peut savoir ce qui vous a pris de barboter dans une eau aussi froide ? Tout habillé en plus ?

Sa bonhomie raviva spontanément ma méfiance. Observateur, il essayait visiblement d'estimer correctement ta réactivité et ton état d'esprit. J'aurais aimé t'entendre lui répondre avec ce petit côté mordant que tu réservais habituellement à ceux qui te cherchaient. Au lieu de cela, tu affichais un détachement bien trop marqué, immobile, et comme inconscient de nos présences là où il t'avait lâché.

Une flaque humide se formait maintenant sous tes pieds. Ôtant mon manteau avant que ton interlocuteur ne t'entraîne au chaud dans le camion, je t'enveloppai dans la tiédeur de mon vêtement.

— Merci, murmuras-tu en m'accordant un premier regard.

Tu te reprenais enfin, ce que je trouvai encourageant. Tu paraissais néanmoins à bout de force et mon cœur se serra. Oubliant tes sauveteurs et les quelques badauds qui se tenaient un peu à l'écart sur le quai, je t'attirai entre mes bras.

— Ne me refais jamais ça, te priai-je en te frictionnant le dos pour te réchauffer.

Ton nez glacé se nicha aussitôt dans mon cou et je frissonnai.

— Emmène-moi, me pressas-tu d'une voix faible, sans rien promettre.

À présent, tu claquais des dents. Objectivement, tu ne pouvais pas rester là. Montant à son tour sur le ponton, le second pompier échangea un regard de concertation avec son collègue avant de déclarer à mon adresse :

— L'eau était vraiment froide, il lui faut un médecin.

Façon diplomatique de contourner un souci plus psychologique ou propos de bon sens au premier degré, je ne parvenais pas à déterminer précisément son intention. Mais son assertion te crispa, et je répliquai d'un ton que j'espérais suffisamment convaincant.

— Il va bien. Il a juste besoin de vêtements chauds. Nous n'habitons pas loin. Je vais le ramener chez nous.

— Par ce froid ? répliqua le grand costaud en relevant un sourcil dubitatif.

— Ma voiture est juste là, le rassurai-je en désignant le parking.

— Il est frigorifié, insista le chef. Je préfère éviter qu'il tombe en hypothermie avant qu'il n'arrive chez vous. Nous n'avons d'ailleurs que trop discuté. Il a besoin de soins.

Décidé à prendre les choses en mains, il t'agrippa gentiment par l'épaule. Réalisant qu'il cherchait à te détacher de moi, tu te rebiffas en te dégageant d'un geste vif avant de te plaquer davantage contre mon torse.

— Non !

— Allons, soyez raisonnable, tenta son collègue en se décalant sur le ponton comme pour t'empêcher de fuir.

La situation évoluait mal. Resserrant un peu mon étreinte pour te réconforter, je volai à ta rescousse en conservant un ton conciliant.

— Il me semble qu'il vient de vous dire qu'il désirait rentrer.

— J'aimerais pourtant bien qu'il passe quelques examens, renchérit le premier pompier en évitant cette fois-ci de te toucher. Et il est hors de question qu'il demeure une minute de plus sur ce ponton.

Je voyais arriver le point de non-retour avec appréhension. S'ils te contraignaient à les suivre, tu étais capable de te rebeller de façon exacerbée et je ne pourrais plus rien faire.

— Soyez raisonnable, ajouta-t-il à mon intention. Par ce froid, votre ami risque la mort.

Il n'avait pas totalement tort. Jamais je ne t'avais senti trembler ainsi entre mes bras. Si tu attrapais une pneumonie, je ne me le pardonnerais pas. Il devenait urgent de te mettre à l'abri. Sans compter qu'ils allaient vraisemblablement faire un rapport. De toute manière, ils auraient nos noms et notre adresse. Compliquer les choses ne servirait qu'à décupler le danger de ramener Yvan au cœur du problème. Une fois celui-ci prévenu, je me voyais mal le tenir à l'écart et jamais tu n'arriverais à faire front dans ton état.

— Il a raison, me décidai-je en étouffant un soupir contrit.

Aussitôt ta joue se détacha de mon cou. Je m'attendais à lire de la déception et de la colère sur ton visage, et je m'apprêtais à batailler ferme pour te convaincre quand ton expression désemparée me brisa le cœur. Tu portais sur moi un regard aussi malheureux que perdu.

— Non.

Le désespoir contenu dans ta réplique plaintive me bouleversa, et j'eus honte de ne pas être capable de te venir en aide plus efficacement. Désolé, je déposai un baiser sur ta chevelure mouillée pour me faire pardonner.

— Il le faut, mon amour, chuchotai-je avant de doucement te repousser vers le grand gaillard qui patientait derrière toi. Ne crains rien, c'est juste une formalité.

En l'occurrence, j'aurais aimé en être certain. Je ne t'en adressai pas moins un sourire confiant. Te rassurer passait par ce mensonge. Le vent se renforçait. Je devais te mettre à l'abri le plus rapidement possible. Cette fois-ci, tu te laissas prendre par un bras sans réagir. Tel un pantin, tu avanças sur le ponton. Heureusement, l'hôpital n'était pas loin, ce qui devrait t'éviter de trop cogiter durant le trajet. Mais alors que tu approchais du camion, je m'aperçus que tu ralentissais l'allure. Conscient que tout risquait encore de basculer, je m'empressai d'intervenir.

— Ne crains rien, j'appelle Fabrice.

Après le mauvais tour qu'il venait de nous jouer, il n'était sans doute pas l'ami le plus approprié, mais ton hochement de tête, bien qu'hésitant, m'avertit que tu m'avais compris. Lui seul possédait l'autorité suffisante pour te tirer des griffes d'un interne trop zélé. Appréhendant la suite, je te vis pénétrer dans le véhicule. Au dernier moment, tu te retournas. M'adressant un pauvre regard, tu me confortas dans ma décision alors que les portes se refermaient sur toi.

— Fais vite.

Mort d'angoisse, je courus à ma voiture pour t'accompagner. Si Yvan apprenait ta réaction à sa visite, il ne te lâcherait plus.

# Chapitre 10 : Quand le destin bascule

Voilà plus de trois heures que je patientais dans la salle annexe aux urgences. Celle qui confine un succédané des porteurs de toutes les maladies possibles et un répertoire à la Prévert des accidentés de la vie courante. Les autres, plus grièvement atteints ou bénéficiant de l'escorte d'un pompier ou d'un ambulancier, disparaissaient régulièrement par la double porte-battante du fond, allongés sur un brancard. De quoi faire grincer des dents ceux que le système forçait à une attente d'autant plus interminable dans cette pièce aux murs nus et aseptisés.

Assise près de moi, une mère tentait tant bien que mal de calmer les pleurs de son bébé. Plus loin, un homme tenait la main d'une jeune femme aux yeux fiévreux. La toux répondait au raclement de gorge et à celui des pieds qui se balançaient sous les chaises. La salle se peuplait de malades et d'accompagnants, condamnés comme moi à patienter.

J'avais réussi à contacter Fabrice alors que je me garais sur le parking de l'hôpital. Par chance, il se trouvait à son cabinet. Rapidement, je lui avais exposé la situation. Il m'avait immédiatement assuré qu'il arrivait. Je ne m'étais pas non plus gêné pour lui parler de la venue d'Yvan et de ses sous-entendus malveillants. À son silence au bout du fil, j'avais deviné qu'il se sentait coupable.

Naturellement, on ne m'avait pas laissé te suivre au-delà de la salle d'attente. Dix minutes plus tard, Fabrice me rejoignait. Il m'avait encore posé quelques questions précises avant de disparaître du côté des soignants. Depuis, je rongeais mon frein. Qui n'a jamais connu le ballet des urgences ne peut s'imaginer l'impatience inquiète et le dépit qui m'étreignaient.

À la demande d'un médecin, j'avais dû déserter un moment ce lieu pour aller te chercher des vêtements secs. J'avais profité de ce saut à la maison pour engouffrer une part de tarte oubliée dans le réfrigérateur. Elle me pesait depuis sur l'estomac. En confiant tes affaires à une infirmière, je l'avais priée de me rapporter de tes nouvelles. Gentiment, elle m'avait promis de se renseigner avant de s'éloigner du côté où je n'avais pas le droit de mettre les pieds. Une heure plus tard, elle n'était pas encore revenue.

Où te trouvais-tu à présent ? Toujours dans le local des urgences, ou t'avait-on conduit dans un autre service ? La seconde option te permettrait de te détendre plus facilement, mais elle ne présageait pas vraiment d'une embellie. Tout ce que j'espérais, c'était que Fabrice avait pu rester auprès de toi.

Une fois de plus, les battants de la porte focalisant ma frustration s'ouvrirent. En apercevant l'objet de mes réflexions, je me relevai précipitamment pour me porter devant le généraliste que je peinais maintenant à considérer comme un ami.

— Alors ? l'abordai-je, sans dissimuler ma nervosité.

M’empoignant par une épaule, il m’entraîna en silence dans un dégagement un peu à l’écart. Déconcerté, je me laissai guider sans savoir à quel saint me vouer. Là, il me relâcha pour m’annoncer :

— Encore un peu de patience. Un médecin lui rédige une ordonnance. Il te rejoint d’ici quelques minutes.

Mon soupir de soulagement s’apparenta à une manifestation de joie. Le sourire aux lèvres, je commentai, presque avec euphorie :

— Ils sont donc d’accord pour le libérer.

Pour un peu, j’aurais dansé sur place. Le visage grave, Fabrice se chargea de doucher mon allégresse.

— Pas vraiment, mais je leur ai expliqué qu’il était sous traitement, et que ce n’était pas une tentative de suicide.

Abasourdi, je m'indignai en le dévisageant d’un air de reproche.

— À t’entendre, on dirait que tu en doutes. Enfin Fabrice, tu sais très bien ce n’était pas une tentative de suicide.

— Exact, répliqua-t-il. Et si ce n’en était pas une, tu en déduis quoi ?

Mal à l’aise, je refusai d’entrer dans son jeu.

— C’est toi le médecin.

— Allons, fais un petit effort, insista-t-il. Dimitri t’a certainement parlé de ses difficultés précédentes, et tu le fréquentes depuis suffisamment longtemps pour connaître les aléas de son caractère et ne pas les mélanger avec autre chose.

Fâché par son raccourci, je rectifiai d'un ton cassant :

— Il n'est pas fou si c'est ce que tu insinues. Il est juste fatigué. Et je te rappelle que Dimitri tenait à ce que tu veilles sur lui précisément parce qu'il redoutait que certains fassent cet amalgame. D'accord, Cédric est exalté, et il réagit parfois aux antipodes du commun de mortel, mais ce n'est pas pour autant que son esprit vacille. C'est un artiste. Il a besoin de débrider son imaginaire, et il lui faut du temps pour retrouver l'équilibre qu'il a perdu depuis la disparition de notre ami commun.

— Magnifique plaidoyer, répondit sobrement Fabrice. Dimitri ne regretterait pas de te l'avoir confié. Mais je crains que cela ne soit pas suffisant. J'aimerais avoir ta foi. Tu admettras tout de même que depuis presque trois ans, il aurait largement eu la possibilité de se reprendre, non ?

— Alors si tu en as conscience, aide-le au lieu d'ergoter ! m'exclamai-je, à deux doigts de perdre patience.

Après quelques minutes de bonheur, voilà que l'avenir s'assombrissait de nouveau. La rapidité des multiples revirements de cette journée catastrophique finissait par user ma retenue habituelle.

— Je ne demande qu'à le faire, répondit Fabrice. Seulement sa dépression s'aggrave, et je n'ai pas l'impression qu'il désire sortir du trou où il s'enlise. Il m'a parlé des dauphins, et notamment du fait que l'un d'eux pourrait receler l'âme de Dimitri. Sur le moment, j'ai cru qu'il plaisantait. Il a toujours adoré partir dans l'outrance quand il se sent attaqué. Mais sur ce sujet, j'aimerais être vraiment sûr qu'il dissocie bien le rêve de la réalité.

Pourquoi diable l'avais-tu informé de cela ? Cette fuite en avant dans la provocation non seulement te desservait, mais alimentait en prime les pires suppositions. Si je retrouvais là ton esprit contestataire et ton goût de plonger tes opposants dans la perplexité, le risque que tu prenais en exerçant ton talent en ce lieu n'avait rien de négligeable. À moins que, comme le redoutait Fabrice, tu ne sois réellement la proie d'un désordre plus dérangeant. Non, je ne devais pas céder à ce genre d'alarme.

— Il y en a bien qui croient qu'un homme crucifié a ressuscité au troisième jour, objectai-je. Il a le droit de se tourner vers le paganisme si cela lui plaît. Si tu veux enfermer tous ceux qui accordent foi à une divinité capable de réaliser des miracles, tu vas avoir du travail.

— Tous les croyants ne se rendent pas au pied d'une falaise en empruntant un chemin dangereux pour vénérer leur idole, me contra-t-il. Ne dis pas le contraire. Tu ne pensais tout de même pas que personne ne s'en apercevrait ? Les gens parlent, et certains sont particulièrement bavards dans mon cabinet.

— Ça n'a rien à voir ! me récriai-je. Tu sais très bien ce que les dauphins représentent pour lui, et cela bien avant que le plus sombre de la troupe ne se montre.

— C'est un tout, m'objecta-t-il avec justesse. Écoute, tu veilles sur lui du mieux que tu peux, et je ne conteste pas le côté excentrique et parfois difficile du caractère de Cédric. Je te rappelle que j'ai dû mentir à mes confrères pour qu'ils acceptent sans rechigner que tu le ramènes chez vous ce soir. Je n'ai pas l'intention de trahir la promesse que j'ai faite à Dimitri, mais les derniers événements m'obligent à reconsidérer mon avis en tant que médecin. Ce n'est plus possible, Alban. Il doit être hospitalisé. Ne serait-ce que pour nous assurer que tout va bien.

— Non !

Mon éclat de voix fit se retourner l'infirmière qui passait près de nous. Lui adressant un sourire d'excuse, j'enchaînai plus bas :

— Tu connais son histoire. Cédric n'acceptera jamais. Et moi non plus.

— De quel droit ? m'objecta Fabrice sans se troubler. Officiellement, vous n'êtes toujours que colocataires. Je crois que la décision ne t'appartient plus. Sa famille doit être mise au courant.

— Sa famille ? me hérissai-je à nouveau. Tu songes sans doute à Yvan en disant ça. Tu devrais pourtant être le premier à regretter de l'avoir impliqué dans cette affaire. Si tu ne lui avais rien raconté, Cédric n'en serait pas là. C'est à cause de toi ce qui vient d'arriver.

Je pensais l'engluer dans la fibre émotionnelle, mais il ne m'accorda qu'un repentir raisonné.

— Je suis désolé que la rencontre se soit passée aussi mal, Alban. Et je déplore le manque de tact d'Yvan à l'égard de son frère. Mais cela nous a permis de détecter que Cédric réagissait de façon beaucoup trop exacerbée. En tant que médecin et ami, je me dois d'intervenir.

— Tu ne peux pas lui faire ça, martelai-je d'un ton désespéré.

Son regard se perdit du côté de la porte vitrée qui nous séparait de l'extérieur. Elle devait être fermée, car personne ne l'empruntait, ce qui nous offrait la possibilité de discuter dans une relative intimité. La nuit était tombée, et seule la ronde des phares des voitures trahissait le départ des derniers visiteurs. Durant un instant, j'eus l'impression qu'il allait renoncer à son projet, mais je déchantai rapidement quand il reporta son attention sur moi.

— J'ai attendu le maximum par amitié pour vous deux, commença-t-il en conservant son calme olympien. Aussi parce que je pensais sincèrement que l'affection que tu lui portes le tirerait vers le haut. Malheureusement, son cas dépasse apparemment le champ d'une simple dépression. Et je pèse mes mots en disant ça, car elles sont rarement simples. Crois-moi, il a besoin d'une bonne thérapie.

Révolté par ses paroles, j'essayai une fois encore de le mettre face à l'absurdité de sa décision.

— On parle de Cédric, là. D'un être qui se comporte de façon épidermique à l'état naturel ; de celui que tu as promis de protéger contre ce genre de dérive. Comment peux-tu songer sérieusement à l'enfermer alors que tu as juré à Dimitri que tu te battrais pour le contraire ? Le contraindre ne servira qu'à le perturber davantage.

— Tu n'en sais rien, répliqua-t-il en secouant la tête. L'enfermer est un bien grand mot. La médecine moderne a heureusement évolué, et je connais quelqu'un capable de débrouiller mieux que nous l'écheveau de son esprit. Si besoin, il sera soigné avec tous les égards dans une des cliniques les plus réputées de Paris. Même Yvan ne pourra s'opposer à mon choix.

La conversation virait au cauchemar.

— C'est toi qui ne comprends rien, m'agaçai-je en me retenant pour ne pas hausser la voix. Cédric s'est toujours comporté différemment pour masquer les traumatismes qui l'ont marqué enfant. Rien d'autre.

J'espérais le convaincre, mais il retourna ma répartie à son profit.

— Raison de plus. Il traîne certainement des conflits susceptibles de le fragiliser face à tout un tas de pathologies.

Sa dernière réflexion me certifiait que je menais un dialogue de sourds. Il devait sans doute penser la même chose, car après avoir boutonné le col de son manteau, il me tendit brusquement la main.

— Je dois m'en aller. Il est tard et mes patients m'attendent. Ramène-le chez vous pour ce soir et entoure-le du mieux que tu peux. On lui a servi un cocktail qui le rendra plus doux et soumis qu'un agneau jusqu'à demain. Normalement, il devrait dormir comme un bébé. Mais tiens-toi près de lui tout de même. Je passerai demain matin pour discuter de tout cela avec lui. Et j'espère sincèrement ne pas devoir en appeler à Yvan.

M'offrait-il volontairement une échappatoire ? Je l'ignore. À ce moment précis, trop de réflexions contradictoires m'assaillaient, et l'urgence de la situation me poussait à m'intéresser à tout autre chose. Préoccupé, je lui serrai la main par pur réflexe.

Vidé par tout ce que je venais de vivre, je ne songeai même pas à retourner m'asseoir. Il ne restait d'ailleurs plus de sièges disponibles. M'adossant contre le mur, j'attendis ton apparition tout en cherchant désespérément une solution. Et brusquement, j'eus la révélation. Tapotant sur mon portable, je vérifiai que le numéro de la personne à laquelle je pensais s'y trouvait toujours.

Ma manie d'encombrer ma liste d'appel par des contacts avec lesquels je ne parlais plus depuis des mois t'amenait souvent à lever les yeux au ciel. Aujourd'hui, cette incapacité à rompre totalement avec le passé allait nous servir.

À mon soulagement, le numéro d'Andrew s'afficha. Un ami de longue date. Nous fréquentions le même lycée avant de nous retrouver à l'université, et surtout nous partagions un secret identique. Nous l'avions découvert incidemment en nous croisant dans un bar gay. Après un premier moment de gêne réciproque, cette similitude nous avait encore rapprochés. Au point de coucher ensemble un soir de cuite. Un égarement qui nous avait confirmé que l'amitié nous convenait mieux, et que nous avions davantage à gagner en nous épaulant mutuellement pour brouiller les pistes des fâcheux risquant de se révéler hostiles à notre manière de vivre.

Andrew possédait une gouaille extraordinaire, et il mentait effrontément aux autres en racontant nos exploits lors de sorties supposées parfaitement hétéros. Exercice auquel nous nous pliions volontiers en accompagnant de simples copines, aussi peu désireuses que nous de s'engager dans une relation intime. Je l'avais d'autre part souvent couvert auprès de sa famille quand il partait en week-end pour s'envoyer en l'air avec Andy, l'amant qui deviendrait son compagnon attitré à la fin de nos études. Il me devait donc un service.

Durant le cours laps de temps que j'avais mis pour trouver un emploi, j'avais gardé le contact et nous nous étions rencontrés deux ou trois fois avant mon départ pour la Normandie. Pour évoquer les frasques d'un passé pas si lointain, parler de nos projets, et tenter de conserver le pont jeté entre deux individualités en mal d'amitié le temps de leur scolarité. Je m'étais ensuite rapproché de toi et de Dimitri, au détriment de tous mes attachements précédents. À la disparition de ce dernier, il m'avait fallu t'apprivoiser. Des jours comme celui qui se terminait me rappelaient d'ailleurs combien ma victoire demeurait fragile et mal assurée. Pas sûr dans ces conditions que tu aies aisément accepté que je fraye dans le sillage de cet amant accidentel. Il était pourtant celui vers lequel je me tournais pour te sauver.

Fébrilement, je commençais à composer son numéro quand je te vis surgir au détour d'un couloir. Il donnait sur une sortie différente de la porte par laquelle entraient les brancards et tu ne me remarquas pas immédiatement. Tu t'étais changé. Le grand sac en papier que tu portais s'auréolait de taches humides, vraisemblablement dues à tes vêtements trempés d'eau de mer. Pâle, l'air un peu hagard, tu t'immobilisas au milieu de la salle d'attente en me cherchant des yeux. Faisant abstraction de tout le reste, je raccrochai pour me précipiter vers toi.

— Je suis là ! t'interpellai-je.

Coulant vers moi un regard reconnaissant, tu m'adressas un piètre sourire. Tu m'avais rarement semblé aussi vulnérable et ma décision se renforça. Ignorant la curiosité ambiante, je te serrai durant quelques secondes contre moi. Acceptant docilement mon étreinte malgré ton horreur habituelle des démonstrations publiques, tu collas ta joue contre la mienne en murmurant :

— Merci de m'avoir attendu.

Cette phrase trahissait à elle seule ta désorientation et accentua mon inquiétude. Nous nous fréquentions depuis suffisamment longtemps. Tu savais que je ne t'aurais jamais abandonné dans un moment pareil. Adoptant un ton faussement détaché, je prononçai des paroles aptes à te rassurer.

— Viens, rentrons maintenant.

Conscient de ton égarement, je passai un bras sous tes épaules. À mon grand souci, tu te laissas cornaquer comme un enfant jusqu'à la voiture. Après avoir rangé ton paquet dans le coffre, je t'ouvris la portière du côté passager. Tu t'installas sans dire un mot.

Le silence qui peupla le trajet du retour m'oppressa. Te jetant de fréquents regards, je t'observai. Rapidement, ta tête se mit à dodeliner contre la vitre. À l'arrivée, tu somnolais. J'ignorais ce qu'on t'avait prescrit, mais cela devait être une dose de cheval. Dans un sens, cela m'arrangeait pour ce qu'il me restait à faire.

Te secouant un peu, je réussis à te réveiller suffisamment pour te conduire à notre chambre. Face à tes gestes malhabiles, je te déshabillai avant de te pousser sous la couette. Te pelotonnant, tu fermas aussitôt les yeux, laissant un sommeil lourd se saisir à nouveau de toi. J'attendis encore quelques minutes en caressant ta chevelure puis, une fois certain que tu dormais profondément, je sortis dans le couloir en tirant mon téléphone de ma poche.

M'assurant que la porte demeurait entrouverte, je gardai un œil sur toi tandis que je composais le numéro d'Andrew. Il était plus de vingt-trois heures. En principe j'évitais de déranger les gens à une heure pareille. Mais là, je n'avais pas le choix. Espérant qu'il avait conservé ses habitudes de couche-tard, j'appuyai sur la touche d'appel. La sonnerie retentissait pour la troisième fois quand une voix se manifesta.

— *Allo ?*

— Andrew, c'est Alban. Ton ancien compagnon de virées clandestines.

— *Alban ? Eh ! Salut, camarade. Quand j'ai lu ton nom sur l'écran, j'ai d'abord cru que c'était une blague. Ça fait une éternité qu'on s'est perdu de vue. Qu'est-ce qui t'amène à une heure aussi... indue ?*

— Désolé de te contacter si tard. Et pardon si je te réveille.

— *Non, tu interromps simplement une séance de câlins avec Andy. J'espère pour toi que c'est important, parce qu'il risque de t'en vouloir.*

Derrière sa pointe de sarcasme, je sentais poindre avec plaisir ses manières franches et directes. Deux qualités que j'appréciais énormément chez lui, et qui allaient m'autoriser à aborder sans détour le vif du sujet.

— Dis-moi, tu es toujours d'accord pour me renvoyer l'ascenseur, en souvenir du temps où je mentais pour vous permettre de roucouler tranquillement tous les deux ?

— *Je suppose que ça doit être sérieux pour que tu me le rappelles. Alors, si tu ne me demandes pas de cacher un cadavre, sans problème.*

Je retrouvais bien là Andrew et sa démesure. Son cœur sur la main aussi. Malgré la gravité de la situation, je répliquai en souriant à demi.

— Rien de tel. Je dois juste aider rapidement quelqu'un. C'est une personne qui m'est très chère.

— *Une espèce d'Andy bis ?*

— En quelque sorte, oui. Il a besoin de se changer les idées et j'ai pensé lui offrir une lune de miel. Seulement, il déteste la foule. Trouver un petit nid pour lui plaire est souvent un peu ardu.

Et puis je me suis souvenu de ce vieux cottage hérité de ta grand-mère. Tu le possèdes encore ?

— *Tu veux parler de la vieille bergerie qu'elle a retapée en Écosse ?*

— Celle-là même.

À l'autre bout du fil, je l'entendis glousser. Le « cottage » de mamie avait toujours été un sujet de plaisanteries entre nous. La grand-mère d'Andrew était française, mais elle avait passé ses dernières années expatriée dans les Highlands. Sorte de baba cool sur le tard, elle habitait sur un morceau de lande inhospitalière, déserté depuis longtemps par son précédent propriétaire. Battue par les vents marins, l'ancienne bergerie s'érigeait près de la côte, à plus d'un quart d'heure de la première maison digne de ce nom. Nullement impressionnée par ces conditions de vie difficiles, elle avait vécu là durant quinze ans, entourée de trois chèvres dévorant la moindre pousse florale qu'elle essayait obstinément de cultiver, et d'une basse-cour autorisée à s'installer dans sa cuisine.

Elle avait légué cette bicoque au toit d'ardoises et au mur de pierre au seul de ses petits-fils qui acceptait d'y dormir plus de deux jours d'affilée lorsqu'il venait la voir. Je comptais sur le sentimentalisme d'Andrew pour l'avoir conservée. Anxieusement, j'attendis sa réponse.

— *Oui, je l'ai toujours. Mais tu sais qu'il faut mettre en marche le générateur pour avoir de l'électricité, que l'eau se trouve au fond du puits, qu'elle ne dispose que de w.-c. chimiques et qu'il n'y a pas de salle de bain ?*

— Je n'ignore rien de tout cela, acquiesçai-je. Dis-moi seulement si tu peux me la louer, et combien.

*— Si une villégiature aussi spartiate te tente, je t'offre l'hospitalité gratuitement. Ouvrir cette vieille masure lui fera du bien. En arrivant, tu t'arrêteras au pub en traversant le dernier village. Tu ne peux pas le louper, il n'y a qu'une route, qui serpente ensuite à perte de vue à travers la lande. Là, tu demanderas Jack. C'est le patron. Je laisse les clés chez lui. Passe quand tu veux, je le préviendrai de votre venue.*

Sa générosité ne me surprenait pas, mais je le bénis intérieurement en posant sur toi un regard soulagé.

— Merci, soufflai-je, infiniment reconnaissant.

*— De rien. Les amis, c'est fait pour s'entraider. Tu comptes t'y rendre quand ?*

Optant pour la franchise, je lui avouai :

— En fait, j'aimerais m'y installer demain. Si j'arrive à trouver des places de libres sur un vol Paris-Glasgow en partant tôt le matin, ça devrait être possible.

*— Eh bien, j'appellerai Jack pour les clés dès que tu auras raccroché. Il se couche tard avec le pub. Et n'oublie pas, il fait généralement froid là-bas en hiver. Vous ne disposerez que d'une cheminée à l'ancienne.*

— Nous allons bourrer nos valises de gros pulls, le rassurai-je. Et puis je sais comment le réchauffer.

Je pensais détendre l'atmosphère pour éviter les questions gênantes, mais Andrew ne tomba pas dans le panneau.

*— C'est plutôt précipité. Tu es sûr que ton ami appréciera le dépaysement ?*

— Oui, ne t'inquiète pas.

En fait, j'espérais surtout que les médicaments te brouilleraient suffisamment l'esprit pour t'éloigner sans nouveau drame.

Un quart d'heure plus tard, je m'allongeai enfin auprès de toi. Devinant ma présence dans ton sommeil, tu vins naturellement te blottir contre moi. Je me sentais apaisé. J'avais réussi à trouver deux places d'avion suite au désistement d'un groupe de touristes retenu plus longtemps que prévu dans un autre aéroport. Nous nous envolerions pour l'Écosse en début d'après-midi. La certitude de te soustraire au dévouement envahissant de Fabrice, et par contrecoup à la surveillance dangereuse d'Yvan, me permit de m'endormir rapidement, non sans avoir auparavant réglé l'alarme du réveil sur cinq heures.

Au matin, tu émergeas difficilement. Assis sur le lit, la couette frileusement remontée jusqu'aux épaules, tu me regardais m'affairer à remplir nos valises, les yeux dans le vague, sans me poser de questions. Gentiment, je te secouai.

— Allez, dépêche-toi de t'habiller. Nous partons.

— Où ?

— C'est une surprise.

— Ah.

Je ne sais pas ce que les médecins t'avaient fait avaler la veille, mais tu semblais toujours incapable d'aligner deux idées cohérentes et de réfléchir plus de dix secondes. Docilement, tu sortis du lit pour m'obéir.

— Et les dauphins ? demandas-tu soudain, repris par ton obsession.

— Ne t'inquiète pas, il ne leur arrivera rien de mal durant notre absence.

— Mais…

— Chut, te calmai-je en déposant un baiser sur tes lèvres. Tu as besoin de changer d'air. Ils seraient les premiers à me dire de t'éloigner quelque temps d'ici s'ils pouvaient parler. Quand tout sera tassé, nous reviendrons.

Je te dorlotais, mais je mentais. Je t'enlevais, littéralement. Et j'avais bien l'intention de ne jamais revenir. Trop de pièges se dressaient à présent devant toi en Normandie.

Une demi-heure plus tard, nous roulions vers Paris. La tête appuyée contre la vitre, tu te laissais bercer, comme si ta vie m'appartenait. L'effet des drogues se prolongeait, et je préférais éviter de songer à ta réaction lorsque leur efficacité s'atténuerait.

# Chapitre 11 : L'escale écossaise

Notre arrivée en Écosse marqua un changement subtil dans ta façon de me regarder. Un intérêt différent, indescriptible dans l'exactitude d'une définition précise, car trop discret au sein de notre vie courante ; et pourtant bien réel.

Au début, je craignis un jugement défavorable. Tu avais commencé à recouvrer ton sens critique habituel en débarquant à Glasgow. Le temps de louer une voiture, tu me fixais avec cet air de chat affamé guettant une souris qui me donnait à chaque fois l'impression d'avoir commis l'irréparable. Pas question néanmoins de plier devant toi.

Ignorant délibérément ta mine inquisitrice, je réussis à négocier avec l'employé sans bafouiller. Ton mutisme n'en était que plus difficilement soutenable, et je poussai presque un soupir de soulagement quand tu ouvris enfin la bouche, alors que je glissais la clé dans la serrure du véhicule emprunté.

— Tu sais que je pourrais porter plainte contre toi pour avoir abusé de mon état comateux ?

Ce n'était pas vraiment le commentaire romantique auquel j'aspirais, mais en tout état de cause, tu ne faisais qu'exprimer une vérité qui ne m'inspirait aucun regret. Déterminé à affronter bravement le chemin d'épines que tu déroulais devant moi, je répondis avec un sourire nullement contrit.

— Donne-moi au moins la chance de te prouver que j'ai eu raison.

Durant quelques secondes encore, tu me dévisageas avec une froideur qui me laissa craindre l'explosion d'un esclandre compliqué à gérer. Puis ton air revêche se fissura, exposant un amusement qui rendit à ton visage toute sa douceur, tandis que tu t'intéressais enfin au but de notre voyage.

— Un petit cottage perdu au cœur des Highlands, hein ?

— Niché sur une colline près de la côte, ajoutai-je. Avec l'océan à perte de vue dès que tu regardes par la fenêtre, et des lapins pour seuls voisins. Tout au moins quand il ne fait pas trop froid pour qu'ils se montrent.

— Il est aussi inconfortable que tu me l'as décrit dans l'avion ?

— Totalement, répliquai-je, heureux de la lueur gaie qui s'allumait dans tes yeux.

— C'est pire que ce que je croyais, répondis-tu en ouvrant la portière pour t'installer à la place du passager. Enlèvement et séquestration dans des conditions indignes. Ton cas s'aggrave. Allez, roule. Pour l'instant, j'ai décidé de me comporter en prisonnier modèle. Mais ne compte pas t'en tirer si facilement. Une fois arrivé, tu me serviras d'esclave pour te faire pardonner.

C'était la première fois que je t'entendais plaisanter depuis une éternité et le sourire que tu m'offris alors que je m'asseyais auprès de toi me combla. Mon initiative ne marquait pas la fin de notre histoire. Je n'avais pas tout perdu et, en prime, je t'apportais un peu de joie. Je retrouvais ton sourire. Je te retrouvais.

Soulagé, je démarrai, imaginant déjà que cette villégiature éloignerait les démons qui détruisaient ton âme. Si seulement j'avais su…

Il restait un peu plus de deux cent cinquante kilomètres avant d'atteindre notre destination et l'autoroute ne nous mènerait pas au-delà de Mallaig. Je jouissais de notre rapprochement forcé dans l'habitacle en mêlant mes doigts aux tiens de temps à autre. Toujours aussi peu bavard, tu te contentais de regarder défiler le paysage. Toutefois, un doux sourire continuait d'incurver le coin de tes lèvres. Nostalgique sans doute, mais exempt du poids de la tristesse qui te ligotait en Normandie.

Quatre heures plus tard, nous abordâmes enfin les premières maisons de la petite ville portuaire. L'hiver affichait déjà le crépuscule, et nous nous mîmes immédiatement en quête d'un restaurant pour dîner. Installé en face de toi, au fond d'une salle rustique que nous peuplions à nous seuls, je fis durer plus que nécessaire le plaisir de croiser la beauté apaisée de tes yeux aigue-marine. Le ciel se teintait d'encre sombre quand nous reprîmes notre périple.

La partie la plus malaisée de notre parcours restait à effectuer. Je commençais à ressentir la fatigue et j'avais hâte d'atteindre notre havre. Étroite et sinueuse, la route se perdait dans la lande, tandis que les phares dessinaient des ombres étranges et fantomatiques sur les roches qui surgissaient au détour des virages. Tu n'étais pas décidé à conduire et je guettais l'apparition du dernier village décrit par Andrew avec impatience. Enfin, les lumières falotes d'une petite bourgade s'incrustèrent sur la toile ténébreuse du paysage.

Je trouvai le pub sans difficulté. Une bâtisse construite tout en longueur, coincée entre deux maisons couvertes de lierre, et ouverte sur l'unique rue qui disparaissait dans un tournant happé par la noirceur de la nuit. Heureux de m'arrêter pour récupérer les clés, je t'invitai à descendre à ma suite. Assis derrière des tables en bois, les clients de l'établissement nous accueillirent avec un hochement de tête cordial. Ce bout du monde avait été conquis par les touristes depuis longtemps et seule notre venue à une période aussi peu clémente paraissait les surprendre.

Détournant leur curiosité d'un ton qui ne tolérait pas d'exception, Jack, le patron, nous offrit l'hospitalité. D'après les indications d'Andrew, il nous restait encore plus d'une demi-heure de trajet, sur un chemin de terre tortueux et détrempé qui tenait lieu de chaussée carrossable. La pluie fine qui tombait sans discontinuer me laissait craindre des flaques d'eau profondes, ou un ruisseau en crue, que les phares ne nous révéleraient peut-être qu'à la dernière minute. Il nous faudrait ensuite aller chercher du bois dans la remise pour allumer le feu, et sans doute faire le lit.

Je mourais d'envie d'accepter la proposition de cet homme replet, à la calvitie précoce, dont l'autorité sur ses concitoyens m'épargnait un jeu d'évitement un peu hypocrite. Mais je venais déjà de prendre trop de décisions en ton nom. Tournant les yeux vers toi, je t'interrogeai en silence. Comprenant de qui dépendait le choix final, le patron renchérit en te dévisageant d'un air bon enfant.

— Attendez au moins demain matin pour vous rendre à la bergerie. J'ai deux chambres. Elles sont prêtes et vous y dormirez comme des coqs en pâte.

— Une seule suffira, répondis-tu d'un ton tranquille, suffisamment fort cependant pour que tout le monde t'entende.

Je reconnaissais bien là ta façon un peu provocante de mettre les choses au clair. En apercevant deux clients suspendre leur mouvement pour boire, j'en déduisis que le message était bien passé. Baissant le nez, je dissimulai un sourire. Le Cédric bousculant l'adversité sans y paraître était de retour.

— Comme vous voudrez, se contenta de rétorquer Jack.

Un quart d'heure plus tard, je me pressais tendrement contre toi sous les draps, réchauffé par un énorme et authentique édredon en duvet d'oie. Si jamais un intrus s'introduisait dans la chambre, rien que la hauteur de ce vénérable ancêtre de la couette nous préserverait de son indiscrétion. La lampe de chevet se trouvait de mon côté, et les projets que je nourrissais m'interdisaient d'éteindre immédiatement la lumière.

Un soupçon d'humidité ambiante nous avait incités à enfiler nos pyjamas, ce qui ne me gênait en rien pour piqueter ta nuque de petits baisers. Optimiste, je testais mes chances de parvenir à te guider vers des ébats plus sensuels en te sentant te détendre entre mes bras. Tes errements de ces dernières semaines avaient drastiquement réduit ta libido, et il me semblait que cela faisait une éternité que nous n'avions pas fait l'amour.

— Aurais-tu des idées inavouables ? demandas-tu en te mouvant pour me faire face.

Ta cuisse frottait contre mon sexe dur. Tu ne pouvais ignorer mon désir.

— Certainement pas inavouables pour toi, répliquai-je en embrassant la chair nacrée d'un bout d'épaule.

Une expression indéchiffrable sur le visage, tu admis sans pour autant m'accorder une caresse :

— Je reconnais qu'en général, c'est plutôt moi qui te saute dessus.

Et c'était vrai. La singularité de notre relation interdisait à mes ardeurs de se manifester dans leur intégralité sans un encouragement de ta part. Parce que tu ne m'avais jamais dit que tu m'aimais d'amour, je te laissais la plupart du temps décider de passer à l'acte ou pas. En temps normal, tu te montrais demandeur. Ce qui m'enchantait. Mais pour l'heure, je jouais le rôle d'un ravisseur, bien près de se transformer en suborneur, et je me méfiais de ta façon de réagir.

— J'ai envie de toi, murmurai-je d'un ton inconsciemment suppliant.

— J'aurais du mal à ne pas m'en apercevoir, répondis-tu, sans pour autant esquisser le moindre geste. Tu as les yeux d'un chaton mort de faim.

Avançant mes pions sans précipitation, je convoitais tes lèvres avec l'idée de t'offrir un baiser aussi doux que passionné. La chaleur de ton souffle m'atteignait déjà quand tes mains se posèrent brusquement sur mon torse. Maintenant une distance raisonnable entre nous, tu ajoutas d'un air sérieux, bien que légèrement séducteur :

— Ta contrition me semble évidente. Et je serais tenté de t'accorder mes faveurs. Mais je crois que je vais néanmoins attendre jusqu'à demain, pour voir si tu en es vraiment digne. L'agencement de cette bergerie m'intrigue.

Je détestais lorsque tu me manifestais un intérêt aussi fuyant. Cependant, j'admettais mériter ton coup de griffe. M'endormir près de toi dans cet état risquait de se révéler particulièrement éprouvant, et je basculai lourdement sur le dos comme un cétacé s'échouant sur une plage. Ravalant ma frustration, je me pliai toutefois à ta demande.

— Alors, je patienterai.

Fermant les paupières, je pensais la conversation close, lorsque tu déclaras :

— Tu marques un point.

C'était nouveau ça. Voilà que tu validais ma bonne volonté. Déconcerté, je tournai la tête de ton côté. Les yeux grands ouverts, tu m'observais, ce doux sourire un peu mélancolique qui ne te quittait plus depuis notre arrivée en Écosse au coin des lèvres. De quoi annihiler mon insatisfaction et m'interroger sur la cause de ce comportement à la fois complaisant et réservé à mon égard.

— Tu es la plus adorable des énigmes, ne pus-je m'empêcher de répliquer en te retournant ton sourire. Mais parfois, tu es insupportable. J'espère que tu en as conscience ?

Me clouant à la lumière de ton regard, tu me questionnas à ton tour.

— C'est une des raisons pour lesquelles tu m'aimes, non ?

La réponse me paraissait si évidente que je m'abstins de la donner. Après bientôt trois ans de vie commune, te voir allongé dans le même lit que moi, ne serait-ce que pour dormir, me ravissait toujours autant. Je mesurais ma chance, et la conviction de l'intensité de l'amour que je te portais gommait ton manque de réactivité personnel sur le sujet. La gorge nouée par ce sentiment de plénitude un peu ridicule de l'amoureux transi, je pris ta main avant d'éteindre la lampe.

Le lendemain, ton expression perplexe en visitant la vieille bâtisse ne m'aida pas vraiment à nous installer dans la joie et la bonne humeur. J'avoue que je redoutais ta désapprobation en découvrant à quel point la bergerie aménagée par la grand-mère d'Andrew était vétuste. Bien que coquettement meublée par son ancienne propriétaire, l'absence de confort de la maisonnée n'en était pas moins criante.

Construite d'un seul tenant, sans étage, sur une butte donnant sur l'océan, avec sa courette délimitée par une barrière en bois, sa remise ouverte sur le devant, son puits mangé de lierre et son jardinet sur le côté envahi d'herbes folles, elle me rappelait furieusement le décor d'un vieux film des Hauts de Hurlevent.

L'intérieur ne déparait en rien de cette première impression. Une fois franchi un dégagement minuscule servant d'entrée pour se déchausser, l'habitat s'agençait en une vaste pièce à vivre, à la fois cuisine et salon, qui était la seule à posséder une cheminée. L'unique chambre jouxtant celle-ci se réchauffait au conduit de l'âtre. Un débarras sans fenêtre pour les ablutions s'ajoutait au logis, ainsi qu'un réduit pour les toilettes, confiné sous un pan de toiture si bas qu'il obligeait un homme à jouer au bossu pour y tenir debout.

Anxieux, je guettai ta réaction en te jetant de nombreux regards en biais tandis que tu effectuais le tour du propriétaire. Tu n'étais pas particulièrement à cheval sur le confort, mais la fortune de ta famille et celle de tes fréquentations t'avaient jusque-là largement épargné ce genre de minimalisme. Heureusement, certains détails remontaient la barre d'acceptabilité de ce petit nid, que j'espérais bien parvenir à rendre douillet.

Pas un grain de poussière ne traînait sur les étagères, les napperons sous les bibelots éclataient de blancheur, les carreaux reluisaient de propreté derrière leurs rideaux en dentelle, et le sol lavé de frais dégageait une bonne odeur de chèvrefeuille. Malgré la rapidité de notre arrivée, Jack avait visiblement envoyé quelqu'un faire le ménage. De grosses bûches attendaient même dans un panier près de l'âtre.

Te laissant choir sur l'un des bancs encadrant une longue table en bois, tu daignas enfin t'épancher oralement.

— Dépaysant et original. Mais il fait un froid de canard.

Soupirant de soulagement, je m'approchai de la cheminée pour allumer le feu. Voilà longtemps, un cousin scout m'avait enseigné le b-a-ba de la survie, et j'espérais t'impressionner en parvenant rapidement à mes fins. Car naturellement, là aussi j'allais devoir m'y prendre à l'ancienne.

— Content que cela te plaise, répondis-je en entassant du papier et des brindilles sous ton œil intéressé.

Tu ne m'avais pas encore interrogé sur la durée de notre séjour. Tu n'étais pas davantage revenu sur ses circonstances. Je m'étonnais également de ton silence sur les dauphins. Autant d'éléments qui te ressemblaient peu, mais qui, réunis, me facilitaient la tâche. À tel point que je n'envisageais pas une seconde d'aborder ces sujets en premier. Pour ma part, j'étais déterminé à te retenir ici plusieurs mois si la conjoncture m'y contraignait. Le temps que Fabien et Yvan t'oublient, et surtout celui que tu te reconstruises correctement en reprenant pied dans la réalité.

Une semaine passa sans que rien n'évolue dans cet étrange *statu quo*. La paralysie de ton esprit d'analyse endormait ma méfiance, ou plutôt ne m'incitait pas à écouter ses mises en garde. Le faire aurait fatalement ramené à la surface l'évocation de cet accès de folie qui t'avait poussé à te jeter à l'eau dans le port de Fécamp, avec le risque de remuer les cendres du conflit entre nous. Ma décision me paraissait juste, et j'espérais que derrière ton silence tu te félicitais de mon initiative.

Perdus sur ce bord de côte sauvage niché dans la lande, nous vivions une sorte de parenthèse hors du temps, et presque hors de l'espace. Ton aversion pour le voisinage était redevenue telle que tu refusais de redescendre au village. Le premier jour, j'y étais donc retourné seul pour faire des courses, et depuis nous nous suffisions à nous-mêmes.

Nous étions arrivés sous un ciel gris et terne, lavé par une pluie fine, qui tombait presque sans discontinuer. La fraîcheur et l'humidité de la météo, jointes à ton désir de demeurer loin de tes semblables, nous condamnaient à nous occuper à l'intérieur.

Fidèle à ta parole, tu profitais de notre solitude pour m'entraîner dans des jeux lascifs, que ton imagination déclinait en longues séances de préliminaires aussi tendres que passionnées dans les recoins les plus insolites de l'habitation. Ta faim devenue insatiable pour le sexe tranchait avec ton manque évident de libido de ces dernières semaines. Elle aurait dû m'alerter, mais je ne voyais là que les prémices d'une guérison annoncée, et la preuve que tu me pardonnais la précipitation de notre départ. Sans compter la satisfaction de mon ego qui frétillait à chaque orgasme que je t'accordais.

À te livrer sans pudeur à mes coups de boutoir, tu ravivais la flamme d'une sensualité assumée, telle que je présumais que tu la vivais avec Dimitri. Pour la première fois depuis notre mise en couple, j'avais l'impression que tu abandonnais enfin complètement tes freins à mon égard. Après des mois passés à modérer mon enthousiasme pour te plaire, cela représentait la plus belle des victoires.

Subsistait l'absence ouvertement exprimée de l'aveu d'un sentiment réellement amoureux qui me peinait toujours un peu. Ta fougue m'en consolait néanmoins en partie. Tu ne m'aimais et ne m'aimerais sans doute jamais de façon amoureuse au sens propre du terme, mais si tu montrais dorénavant autant d'ardeur et de bonne volonté lors de nos joutes corporelles, je me satisferais amplement de la complicité incarnée durant nos unions charnelles.

Ainsi en allait-il de ta personnalité complexe et de mon aveuglement. Cet embrasement érotique me donnait l'impression de réellement vivre une lune de miel et je répondais avec empressement à chacun de tes appels. Trop heureux de ce revirement qui me ravissait, je ne songeais pas à en explorer les motivations. On ne bouscule pas l'équilibre d'une harmonie que l'on sait fragile, de peur qu'elle n'expire ; et quand enfin on touche à la réalité qu'elle dissimule, il est souvent trop tard…

J'occupais le reste de mon temps à lire. La tablette que j'avais fourrée dans ma valise comportait un tel nombre de romans ou d'essais en attente, qu'il me faudrait encore un mois ou deux pour parvenir à écluser mon retard. De ton côté, tu ouvrais régulièrement ton ordinateur pour écrire. Ce geste me rassurait et j'en oubliais la noirceur du monde que tu décrivais à l'ordinaire. Tant que ton imagination te permettait de créer, il me semblait que rien de mal ne pouvait t'arriver.

Évincer ma peur de l'avenir me poussait à mettre en application le précepte bouddhiste de l'*Ici* et du *Maintenant* de manière faussement naturelle. Je me focalisais sur le bonheur de l'instant présent en refusant de m'interroger sur la durée de cette trêve. Inconsciemment, je devinais peut-être déjà que ce serait la dernière.

Je pataugeais béatement dans ce bain de faux-semblants jusqu'au matin du huitième jour. La pluie avait cessé et un coin de ciel bleu se montrait pour la première fois. Il faisait toujours froid, mais le vent était tombé. Un peu plus tôt, tu étais sorti pour ramener du bois. Ne te voyant pas revenir, je te cherchai à travers le carreau. Tu ne te trouvais ni dans la cour ni près de la remise. Inclinant la tête, je finis par t'apercevoir sur le chemin détrempé. Zigzaguant entre les flaques, tu marchais en direction de la côte.

Saisissant mon manteau, je te rejoignis. L'océan ici était facilement accessible, pour peu que l'on descende le talus herbeux qui menait à une vaste plage de sable gris. Tu n'en éprouvais pas l'envie ou bien tu hésitais à mouiller tes chaussures. Immobile au sommet du petit tertre, tu conservais les yeux rivés sur le moutonnement des vagues.

Sans un mot, je me portai à ta hauteur pour glisser un bras autour de ta taille. Apaisé par ce bonheur simple, je t'accompagnai dans ta rêverie durant quelques minutes. Côte à côte, nous nous contentions de regarder le paysage, bercés par le bruit du ressac et les cris des oiseaux. Je respectais ta contemplation, conscient qu'elle nourrissait ton imaginaire, et je regrettai que la saison ne nous permette pas d'aller nous baigner plus tard. Mais lorsque tu brisas le silence, je sentis poindre le retour de nuages plus sombres.

— Ils ne viendront pas ici.

— Qui ? demandai-je.

J'espérais, par je ne sais quel miracle, que tu ne fasses pas référence à ce que je craignais. Tournant ton visage vers moi, tu m'accordas ce sourire à l'ironie un brin condescendante, qui m'indiquait que tu n'étais pas dupe de ma tentative de diversion et qu'insister serait inélégant. Ce jour-là, tu répliquas d'ailleurs de manière parfaitement claire.

— N'insulte pas ton intelligence. Tu sais de qui je parle. Ils ne viendront pas, parce qu'aussi belle que soit cette plage, ce n'est pas celle qu'ils ont choisie.

L'orientation de la conversation ne me plaisait pas du tout. Prudent, je préférais néanmoins ne pas m'aventurer sur ce terrain. Je refusais de te contrarier. Regardant à nouveau vers le large, tu ajoutas :

— De toute façon, depuis qu'il est à leur tête, il fait en sorte de les retenir là où ils demeureront en sécurité. Il existe des lieux dédiés. Ils ont toujours existé. Seulement, je ne m'en apercevais pas autrefois. Ne t'es-tu jamais demandé pourquoi naissent les légendes, et comment elles perdurent à travers les siècles ? Il n'y a pas de hasard, Alban, et je comprends la raison de son apparition à cet endroit.

La gorge serrée, je ne quittais pas des yeux ton fin profil. Plus que ton sérieux, la douceur avec laquelle tu énonçais ces propos me glaçait. En général, tu te braquais préventivement, car tu connaissais mon opinion sur le sujet. Là, tu t'exprimais avec l'assurance de ceux qui croient fermement à ce qu'ils avancent, et que rien ne parviendra à ébranler. Ta conviction chevillait ton âme à des chimères auxquelles tu n'aurais pas accordé plus de deux secondes d'attention trois années en arrière.

Relâchant ta taille, je pivotai pour te faire face, m'incrustant entre l'océan et ta rétine.

— De quoi parles-tu ?

Cette fois-ci, ma question visait plus à simuler un électrochoc, tout en masquant la crainte que je n'osais formuler. Nullement dupe, tu m'offris à nouveau ce sourire entre deux eaux, à la fois complice et porteur de mise en garde. Une partie de toi se comportait à la manière du Cédric ordinaire, alors que l'autre s'enferrait dans son délire. À un point tel que cela en devenait flippant.

— Tu le sais très bien, rétorquas-tu sans te départir de cette expression insondable. Je parle de celui qui a rejoint le groupe pour se rapprocher de moi.

Jeu ou folie ? Pour ma part, je m'ancrai les deux pieds dans la réalité.

— Cédric, ce n'est qu'un dauphin.

— Libre à toi de le penser. Mais dans ce cas, peut-être n'es-tu pas prêt à accepter ce que je comptais te donner.

Un éclat plus triste dans le regard, tu tournas les talons si brusquement que je ne réagis pas assez vite pour te retenir. Mal à l'aise, je décidai de rester un moment dehors, le temps d'évacuer mon trouble et de te laisser composer avec ta déconvenue.

En rentrant, une bonne odeur de café m'attendait. Hésitant sur la conduite à tenir, je te cherchai des yeux. Adossé contre un meuble bas, tu réchauffais tes doigts en sirotant ce breuvage que tu aimais fort et légèrement amer.

— J'ai pensé qu'une tasse nous revigorerait, m'interpellas-tu en désignant la cafetière.

Tu m'accueillais comme si rien ne venait de nous séparer. Difficile de négliger cette offre de paix, même si à onze heures trente passées, j'envisageais davantage de boire un whisky. Me servant à mon tour, je m'installai à la table qui te faisait face.

— C'est gentil, te remerciai-je.

Je n'ajoutai pas un mot. Attentif à ne pas te brusquer, je te laissais la primeur de relancer la conversation. Je ne t'en observai pas moins à loisir tout en dégustant moi aussi ma boisson. Tu m'épiais pareillement, tes longs cils à demi-baissés. Le silence s'éternisait, sans pour autant se révéler lourd. Peu à peu, il instaurait néanmoins les règles d'un jeu non dénué d'orgueil, où le premier qui parlerait s'avouerait soit le maître, soit l'esclave du deuxième. Une finalité toutefois minorée par la complicité intrinsèque à la tendresse que nous éprouvions l'un pour l'autre.

J'espérais que, conscient du ridicule de la situation, ton rire nous délivrerait de ce qui se muait lentement en rapport de force. Je sentais d'ailleurs pointer ce moment au pli discrètement incurvé qui s'invitait à présent au coin de tes lèvres. Enfin, tu brisas le silence, évitant cependant la défaite en m'interrogeant sur un sujet sensible.

— Comment as-tu expliqué à ton patron le prolongement de tes vacances ?

Cette allusion à mon travail me ramenait à un problème dont j'aurais préféré te taire les implications. Elles ne te plairaient pas et risquaient de provoquer une nouvelle confrontation. Ton comportement redevenu normal méritait toutefois une réponse franche. De toute façon, tôt ou tard, tu apprendrais la vérité.

— Je n'ai rien expliqué du tout, avouai-je en reposant ma tasse à moitié pleine. Je lui ai juste envoyé un mail précisant qu'un impondérable m'obligeait à m'absenter durablement, et que je ne savais pas quand je rentrais.

La petite fossette au coin de tes lèvres disparut instantanément.

— Tu vas perdre ton boulot, Alban.

Tu résumais parfaitement la situation, et je m'apercevais que ces mots dans ta bouche confortaient l'irrévocabilité de ma décision. Pour moi, l'essentiel était ailleurs. Convaincu de la priorité de la voie que je désirais suivre, je répliquai avec le plus grand calme.

— Peu importe.

Mais tu ne l'entendais pas ainsi. Ou tout au moins tu ne percevais pas correctement la raison qui me motivait. Posant à ton tour ta tasse sur le meuble qui te soutenait, tu avanças pour tomber les deux mains en appui sur la table, l'air presque scandalisé.

— Comment ça, peu importe ! t'exclamas-tu. Tu as la chance d'occuper un poste que tu as choisi. Tu aimes ce travail. Lorsque tu es arrivé en Normandie, c'était même une fierté pour toi.

T'écouter défendre mon emploi avec tant de passion me ravit. Tu visais juste, et j'avais la preuve que tu accordais peut-être davantage d'importance que je le croyais à ce qui construisait ma vie. Néanmoins, ce n'était pas cela qui allait me faire changer d'avis. Bien au contraire. T'englobant d'un regard tendre, je te retournai la seule réponse valide à mes yeux.

— Je t'aime davantage.

Je n'attendais nul écho à ma déclaration. Tu évitais depuis trop longtemps de t'engager sur la définition réelle des sentiments que tu me portais. Ce jour-là pourtant, tu manifestas autre chose que ton habituelle indifférence légèrement dédaigneuse, si décourageante quand je te témoignais mon attachement par des mots. Ta colère cédant à cet air étrangement doux qui me charmait depuis notre arrivée en Écosse, tu te redressas pour me lancer, un éclat rieur dans le regard :

— Tu comptes vivre à mes crochets ? Je te préviens, j'ai beau toucher des droits d'auteur intéressants, ils ne me permettront pas de satisfaire tous tes caprices.

— Je m'en moque, répondis-je en tendant la main pour t'inciter à t'approcher davantage. Tout ce que je désire, c'est rester près de toi. Nous pouvons aménager différemment cette vieille bicoque. Je dispose de quelques économies qui nous y aideront. Andrew ne me le refusera pas. Ne t'inquiète pas. Je trouverai du travail. Je parle couramment anglais et ce bout d'Écosse est moins abandonné qu'il n'y paraît. Nous nous rebâtirons un foyer et une vie agréable loin des fâcheux. Je te le promets.

C'était la première fois que j'évoquais la menace qui planait sur toi et j'appréhendais un peu ta réaction. Contournant la table, tu pris ma paume offerte. Tu ne disais rien et tes traits recomposaient leur masque indéchiffrable. Un instant, je craignis une répartie cinglante dictée par ton esprit de rébellion. À moins de le concéder toi-même, tu détestais tout ce qui entravait ta liberté. Mais au lieu de contester, tu manœuvras de façon à m'obliger à repousser ma chaise pour t'installer sur mes genoux. Une façon adorable de m'apprendre que tu ne me tenais pas rigueur de ma radicalité pour gérer l'intrusion de Fabrice et d'Yvan dans ton existence.

Heureux, je pivotai légèrement pour attraper le bloc-notes qui traînait sur la huche à pain. J'en tirai deux enveloppes, dissimulées entre ses pages. Elles renfermaient les courriers que j'avais rédigés de grand matin, alors que tu dormais encore. Le moment me paraissait bien choisi pour t'en parler, et je les déposai devant moi sans te cacher leurs adresses, presque religieusement. Elles contenaient tout de même une partie de ma vie. J'étais plutôt fier de mon courage.

— J'ai écrit ma lettre de démission, t'annonçai-je. J'irai la poster demain. J'enverrai en même temps mon préavis à mon propriétaire.

Pas un instant ma plume n'avait tremblé lors de ma rédaction. Je n'hésitais pas à tout plaquer pour toi. Les yeux fixés sur les rectangles de papier blanc, je commençais déjà à cogiter sur le genre d'emploi que je pourrais occuper dans la région quand, plaçant les doigts sous mon menton, tu m'obligeas à lever mon visage vers le tien. Tes iris aigue-marine brillaient du feu vibrant d'un trouble rarement exprimé, et j'y lus l'empreinte d'une émotion intense alors que tu demandais :

— Tu m'aimes tant que cela ?

Bouleversé par le sourire tendre que tu m'adressais, je répondis sans quitter ton regard, en t'enserrant d'une étreinte à la fois douce et forte.

— Tant que cela, plus encore, et à jamais. Avant toi, je n'aimais pas : j'affectionnais. Personne n'a jamais su toucher mon cœur comme tu le fais, et jamais personne ne ravira la place que tu occupes.

À cet instant, je crois que j'aurais pu disserter sur l'amour que je te portais durant des heures, tant je te sentais proche d'un partage que tu avais jusqu'alors toujours rcjcté ; d'un aveu que je n'espérais plus ; d'une réalité dissimulée qui n'aurait rendu la suite que plus déchirante. Est-ce pour cela que tu tendis tes lèvres vers les miennes ? Pour sceller des mots que tu refusais d'entendre et m'ôter des regrets ?

Aujourd'hui encore, après avoir découvert l'entière vérité, j'ai du mal à élucider ce mystère. Il aurait été si facile alors de t'abandonner totalement entre mes bras. D'opter pour la lumière et de choisir d'emprunter le chemin qui t'ancrait à ce monde. De me choisir. Qu'ai-je fait qui t'a dissuadé de m'accorder la victoire ? Ou que n'ai-je pas fait ? Ta bouche tentatrice et entrouverte qui se rapprochait m'enleva le don de réfléchir à la seconde où elle se posa sur la mienne.

Un baiser en entraînant un autre, nous prolongeâmes ce plaisir bien plus longtemps qu'un début de préliminaire. Rien ne pressait. Le reste de la journée nous appartenait. Nous pouvions innover, goûter en boucle l'exclusivité de nos sensations buccales, apprivoiser notre désir tout en l'exacerbant, accéder au bonheur du partage d'un élan de tendresse et de communion des sens. Nous nous embrassions comme deux adolescents qui se découvrent. Tu m'enivrais littéralement de ta présence. Passion, convoitise, mais aussi délicatesse et jeu de séduction, tout se mêlait pour me faire perdre pied.

Les lèvres en feu, tu relevas le premier la tête. Le bout de ton nez continuait toutefois de frotter contre le mien, comme si tu refusais de perdre le contact. Ce toucher me chavirait davantage que ton visage empreint de désir, et je te buvais du regard avec adoration. Comme au jour de notre rencontre, tu affichais toujours des traits bien plus juvéniles que ton âge réel. Malgré tes vingt-neuf ans, et bien que tu sois mon aîné de trois mois, ils me donnaient envie de te protéger.

Amorçant un mouvement pour me tirer lentement en avant, tu m'entraînas en murmurant :

— Viens.

Impossible de résister à une invitation si explicite et remplie de promesses. L'œil brillant de convoitise, je te suivis dans notre chambre.

Une demi-journée et une nuit d'amour plus tard, je me réveillai avec une impression de plénitude un peu souffrante. Je me sentais merveilleusement détendu, quoiqu'un peu épuisé et les membres lourds, comme si j'avais mené à son terme un marathon. Ce qui était un peu le cas, bien que dans une discipline non officielle. Nous nous étions aimés des heures durant, cédant à de brèves phases de sommeil pour nous étreindre de plus belle. Emportés par cet élan voluptueux, c'était à peine si nous avions pris le temps de manger. Au bout d'une performance aussi intense que valorisante, j'ouvris les yeux, éreinté, mais béat.

Je ne m'aperçus tout d'abord pas de ton absence. Allongé sur le dos, je m'accordai quelques minutes à regarder simplement le plafond. Les vieilles solives semblaient m'adresser un clin d'œil amical et je savourais une plénitude absolue. Reconnaissant et amoureux comme jamais, je me mis à tâtonner à la recherche de ton corps chaud, pour t'offrir un réveil ponctué de mots tendres et de doux baisers. En général, tu dormais plus longtemps que moi le matin, et j'imaginais que la fatigue devait te pelotonner comme un loir entre les draps. Mais j'eus beau tendre les doigts, je ne te trouvai pas. Basculant sur le côté, je constatai que tu n'étais plus là.

— Cédric ?

Mon appel demeura sans réponse. Mis à part le cri des goélands dehors, je n'entendais aucun bruit. Vaguement inquiet, je me levai en attrapant une robe de chambre pour couvrir ma nudité. Des bûches encore entières se consumaient dans la cheminée, mais la cuisine était vide. Ta discrétion pour entretenir mon bien-être finit de secouer la chape d'euphorie qui m'engluait. Je remarquai alors que les lettres que j'avais laissées sur la table avaient disparu. À la place trônait une page griffonnée de ta belle écriture toute en pleins et déliés. M'approchant à grands pas, je m'emparai de la feuille.

*« Ne m'en veux pas, mais je ne pouvais pas te laisser faire ça. J'ai pris la voiture pour que tu ne me suives pas trop rapidement. J'ai également téléphoné à un taxi qui m'attend au village. Jack te ramènera le break dans l'après-midi.*

*Retrouve-moi en Normandie.*

*Cédric »*

La Normandie… En songeant aux dangers qui t'y guettaient, mon cœur s'affola. Tu t'étais débrouillé pour partir en avance et arriver seul. Face à ta duperie, mon allégresse cédait brusquement la place à l'angoisse. Refusant de patienter, je me ruai dans la chambre pour boucler ma valise. Parcourir à pied la route qui me séparait du village me prendrait vraisemblablement autant de temps qu'attendre sagement Jack, mais la conviction que tu t'acheminais vers ta chute me poussait à agir.

# Chapitre 12 : L'aveu de la boîte à musique

Comme je le redoutais, je ne parvins pas à te rattraper avant que tu n'atteignes l'aéroport de Glasgow. J'espérais te retrouver parmi les passagers en attente, mais tu avais réussi à obtenir une place sur le premier vol en partance pour Paris. J'avais beau te suivre de près, la distance se creusait entre nous. Elle nourrissait mon angoisse autant que ton silence. Toutes mes tentatives pour te joindre s'avéraient vaines. Tu ne répondais pas à mes appels, et tu semblais bouder ta messagerie. De quoi finir par me rendre fou d'inquiétude. Pourquoi ne décrochais-tu pas ?

Arrivée à Paris, je fonçai vers le premier guichet de location de véhicules pour rallier la Normandie. Le jour de notre départ, j'avais abandonné ma propre voiture aux bons soins d'Émilie, à travers la platitude d'un SMS réduit à sa plus simple définition. Je ne tenais pas à rentrer dans des explications détaillées en la contactant.

Incapable de deviner ce qui m'attendait à la maison, j'avalais les kilomètres comme une âme en peine. J'étais impatient de te revoir, de constater que rien de défavorable ne t'était advenu. En colère aussi. Je connaissais ton caractère fantasque et les excentricités dénuées de mauvaises intentions que celui-ci t'amenait souvent à commettre, mais où diable avais-tu appris que l'on se quittait ainsi ? Tu étais vraiment impossible. Ou bien était-ce tes rêveries qui te brouillaient à ce point l'entendement ? À te côtoyer journellement, n'avais-je plus assez de recul pour réaliser ce qui se passait réellement ? Ta fuite me déstabilisait. Je ne savais plus que penser. J'avais mal de toi et je craignais de te perdre.

J'arrivai à la maison en début d'après-midi. Découvrir les volets ouverts me soulagea. Mis à part toi, personne ne possédait la clé. Le fait que tu sois revenu ici m'encouragea à pousser la porte. Dans un sens, tu m'attendais, et la situation te plaçait dans une position bien plus fâcheuse que moi. Je me sentais néanmoins incapable de te gronder, et ce fut le cœur battant la chamade que je lâchai à quelques centimètres du sol ma valise dans l'entrée. Un bruit calculé qui t'amena immédiatement à sortir du salon où tu te terrais.

En m'apercevant, tu t'immobilisas au bout du couloir. Tu avais revêtu un de mes pulls. Ce détail m'émut. Trop grand, il te donnait l'aspect d'un oisillon frigorifié et perdu, se réchauffant à la chaleur de la main humaine l'ayant recueilli. Le visage pâle et les traits tirés, tu affichais une mine épouvantable. L'incertitude de ton regard me marqua cependant davantage. Tu paraissais à la fois heureux de me voir et effrayé. Redoutais-tu de t'être discrédité à mes yeux ?

Durant quelques secondes, nous demeurâmes parfaitement figés l'un en face de l'autre, silencieux et comme déconnectés du monde. Je ne savais pas par où commencer. Je n'avais surtout pas envie que nous nous heurtions une fois encore. Tu étais là, devant moi, et c'était l'essentiel.

Ton air fragile finit par vaincre ma propre indétermination. Répondant à l'élan de tendresse qui me poussait vers toi, je m'approchai à grands pas. Oubliant ma colère, je t'attirai contre moi sans te laisser le choix. Je ne désirais plus que chasser cette ride de culpabilité qui assombrissait ton front. Sa présence à elle seule attestait de ta conscience du mal que tu m'avais fait, et me suffisait.

— Ne recommence jamais ça ! Jamais ! scandai-je en te serrant entre mes bras.

Tes mains s'agrippèrent à mes épaules, et il me sembla percevoir un bref sanglot tandis que tu pressais ton visage contre mon cou.

— Pardon.

Tu prononças ce mot de façon si ténue que je doutai un instant de l'avoir entendu. J'aurais aimé te bercer pour te rassurer, m'apaisant moi-même au rythme de mes balancements ; goûter le bonheur d'étreindre ton corps, mais déjà tu te détachais de moi. Ton expression plus compassée m'avertissait que tu me refusais la vision de tes larmes. Je n'étais pas là pour te bouleverser davantage, et je remis à plus tard l'interrogatoire que j'envisageais sur la brutalité de ton départ.

— Je devais rentrer.

Ce fut la seule explication que tu m'accordas. Un raccourci qui n'éloignait pas les problèmes à venir.

— Cédric, te rabrouai-je en soupirant. L'air normand n'est pas des plus sains pour toi en ce moment.

Ma retenue toute en nuances me valut un pâle sourire.

— Je sais, répondis-tu. Fabrice reviendra à la charge dès qu'il aura vent de mon retour, et Yvan s'engouffrera dans la brèche. Te voir réagir sous le coup de la passion m'a beaucoup touché, mais tes parents ont apparemment omis de t'apprendre que la peur n'évite pas le danger. Et je ne trouverai jamais ailleurs ce qui se situe ici.

Pour une fois, tu ne cherchais pas à t'en tirer d'une pirouette. Ta franchise me ravissait, mais je succombai surtout à la singularité de ton regard, à nouveau empreint d'une nostalgie douce. Ce même regard énigmatique qui m'avait accompagné tout le long de notre séjour en Écosse. Le regard d'un ange, ou celui d'un homme s'éloignant chaque jour un peu plus des contingences de ce monde, en étant conscient que son choix bouleversera ceux qui l'affectionnent. Un regard non dénué de tristesse, dont j'aurais dû me méfier, mais qui, pour l'heure, me clouait à la beauté du coin de l'âme qu'il dévoilait.

— Je ne les crains pas, ajoutas-tu sans agressivité.

Et brusquement, un élément me frappa. Que savais-tu réellement du danger qui te guettait ? Tout à la construction du pont fragile de notre rapprochement écossais, nous n'avions parlé à aucun moment des événements suivant ton plongeon dans le port de Fécamp. Il était plus que temps pour moi d'obtenir des renseignements qui me permettraient de te défendre.

— Que s'est-il passé avec Fabrice à l'hôpital ?

À ta manière, tu agréas ma question d'un petit hochement de tête tendrement moqueur avant de répliquer :

— Il t'en aura fallu du temps pour oser me le demander. Rien de particulier, si ce n'est qu'il est resté à mes côtés, en me certifiant que je n'avais rien à craindre et que tout irait bien. Il m'a incité à prendre sagement les pilules que l'on me donnait. À aucun moment il n'a cherché à s'informer sur la raison de mon geste. Et c'est bien ce qui m'a inquiété. Surtout que je ne m'étais pas gêné pour lui parler des dauphins. Il a une manière de plisser les lèvres qui m'a toujours amusé lorsque quelque chose le dérange. Mais avec toi, je suis sûr qu'il a été plus bavard. Sans cela, tu n'aurais jamais réagi de cette manière.

— Il envisageait de te faire hospitaliser.

Face à cette révélation, je te sentis tressaillir. Masquant tes yeux clairs sous tes cils épais, tu te dégageas de mon étreinte. Mal à l'aise, je ne tentai pas de te retenir, te laissant réfléchir. Les secondes s'égrenaient, interminables. Enfin, tu m'offris de nouveau la lumière de ton regard. Soulagé, je n'y lus aucun reproche.

— Je m'en doutais, répliquas-tu. Lorsqu'Yvan tourne autour de moi, les ennuis ne sont jamais loin. Il aime dominer pour mieux écraser. Rares sont ceux qui lui résistent.

Posant la main sur ton épaule, je tâchai de te réconforter.

— Il ne t'imposera rien tant que je serai là.

— Et c'est bien pour cela que je t'ai suivi sans protester, reconnus-tu avec une spontanéité qui me couvrit de fierté. Parce que j'ai confiance en toi.

— Mais tu es revenu, ne pus-je m'empêcher de constater.

— Essaie de me comprendre. La visite d'Yvan m'a fait disjoncter. Il fallait que je me calme, que je réfléchisse aussi. Tu m'as offert ce dont j'avais besoin. Sans que je n'ai rien à te dire. Crois bien que j'ai apprécié ton aide à sa juste valeur.

— Mais ? insistai-je, appréhendant déjà ta réponse.

— Mais les dauphins ne viendront jamais là-bas. Et j'ai besoin d'eux. J'ai besoin de lui.

De lui… L'espoir ténu que je nourrissais que tout soit rentré dans l'ordre s'évanouit. Mais après tout, ne m'étais-je pas toujours fourvoyé en songeant que je passerais un jour au premier plan de tes priorités ? Mon cœur se brisait de nouveau.

— Ne fais pas cette tête, Alban. Pas maintenant. S'il te plaît.

C'était demandé d'un ton tellement gentil que je ravalai ma tristesse au profit d'un sourire sincère.

— C'est mieux, approuvas-tu. Suis-moi, j'ai un cadeau pour toi.

T'emboîtant le pas, je m'étonnai.

— Un cadeau ?

Nous avions beau être en décembre, ce n'était pas encore Noël, et nous avions fêté mon anniversaire au début du mois. Dans le salon, je remarquai immédiatement le petit paquet posé sur la table basse. Soigneusement emballé, il trônait en évidence. Intrigué, je m'en approchai en t'adressant un regard interrogateur. Tu n'étais pas du tout coutumier de ce genre d'attention hors d'un contexte précis. Adoptant un air faussement détaché, tu m'informas, comme s'il s'agissait d'un fait ordinaire :

— Je suis tombé sur ce truc en sortant de l'aéroport. Dès que je l'ai vu, j'ai tout de suite songé à toi. C'est quelque chose qui ressemble beaucoup à un objet que tu m'as décrit. Un présent offert par ta mère quand tu étais enfant. Que tu aimais beaucoup. Tu m'as expliqué l'avoir cassé par accident, et toujours regretter sa perte. Je me suis dit que je pourrais essayer de combler ce vieux chagrin.

Je me rappelais très bien du jour où je t'avais raconté cette histoire. Cela remontait maintenant à plusieurs mois, et je n'aurais jamais imaginé que tu t'en souviendrais. Encore moins que tu lui avais accordé tant d'importance. Si ce que je tenais entre les mains était bien ce que je croyais, alors tu étais à l'évidence plus adorable que je le pensais. Visiblement, les émotions contrastées inscrites sur mon visage t'amusaient.

— Ouvre-le, commandas-tu d'un ton impatient.

Guidés par la curiosité, mes doigts s'activèrent rapidement. Ôtant le papier doré maintenu par un ruban noir, je découvris un joli coffret en bois précieux, marqueté de trois essences végétales de couleurs différentes. Hexagonal et guère plus haut qu'un pouce levé, il était large comme la paume de ma main. Fixé par deux charnières, son couvercle rabattu et bombé conservait le mystère de ce qu'il recelait. Mis à part qu'à son sommet ce couvercle imitait la ramure d'un cerf au lieu de celle d'un élan, cette boîte ressemblait en tous points à celle de mon enfance.

— C'est bien ce que je crois ? demandai-je sans parvenir à quitter des yeux les volumes finement sculptés.

— Vérifie.

N'y tenant plus, je soulevai enfin l'opercule ouvragé. Aussitôt, une douce musique s'éleva. Elle accompagnait la ronde d'un cerf magnifique, dressant fièrement ses bois, et semblant frapper d'un de ses sabots antérieurs le miroir ciselé sur lequel il reposait. Suivant le mouvement perpétuel d'une horlogerie réglée pour se déclencher sans clé, il tournait sur lui-même avec une grâce éternelle. Durant des années, voir ce somptueux animal valser sur ce petit air avait calmé mes angoisses naissantes, alors que surgissaient mes premiers doutes sur ma façon de regarder les garçons.

Rattrapé par tout un pan de mon passé, j'écoutai la mélodie cristalline tout en admirant la danse du cervidé. Lorsqu'enfin je refermais la boîte, un voile humide embrumait mes yeux. Je ne relevai la tête qu'une fois la musique totalement arrêtée. Profondément ému, je te remerciai :

— Tu ne pouvais pas me faire meilleur plaisir. C'est touchant d'y avoir songé. Mais en quel honneur ? Dans moins de dix jours, ce sera Noël.

— Eh bien, disons que j'avais envie de te montrer immédiatement ma gratitude. Pour tout.

Ta joie de me plaire, pourtant évidente, sonnait étrangement faux, ce qui ne manqua pas de soulever en moi une nouvelle vague d'inquiétude. Ce fut bref, et cependant suffisamment net pour que mon sourire se fane. Sans doute perçus-tu le danger d'une question directe, car devançant mon appréhension, tu t'empressas d'ajouter :

— Mis à part qu'il s'agit d'un cerf au lieu d'un élan, cette boîte à musique comporte une autre différence par rapport à celle de ton enfance. Un compartiment secret. Sous le socle.

Ta précision raviva ma curiosité, repoussant ma préoccupation en arrière-plan. Intrigué, je retournai précautionneusement le coffret. Un mince interstice indiquait l'endroit où le fond se désolidarisait de l'ensemble. J'allais l'ouvrir quand tu m'arrêtas.

— Non. Pas ce soir. J'ai glissé une lettre à ton intention dans cette cachette, mais j'aimerais que tu attendes demain pour la lire. Ou plus tard. Je tiens à ce que tu sois en phase pour ça.

Un nouveau caprice ? Non, pas un caprice. À ton expression je devinais une demande cruciale. Une de celles dont tu avais l'exclusivité. D'un côté, j'avais envie de te secouer comme un sale gosse qui m'enlevait sous le nez la récompense d'un dur labeur ; de l'autre d'effacer cette lueur de détresse qui venait de s'allumer dans ton regard, en te rappelant que je m'abstiendrai toujours de te chagriner. À nouveau l'amour que je te portais prenait le dessus, et j'énonçai l'évidence sur laquelle j'avais la certitude de conserver la haute main.

— Je t'aime.

J'aurais donné une année de ma vie pour t'entendre répondre en écho. Une fois, juste une seule fois. J'aspirais depuis si longtemps à t'écouter m'accorder ce privilège, cet espace privé si particulier au sein d'un cœur qui nous hisse à part des autres. La passion dont tu avais fait preuve durant notre intermède écossais me laissait espérer un miracle. Un rêve éveillé, que tu foulas au pied en secouant doucement la tête, tandis que tu reculais vers la porte.

— Les choses reflètent parfois des vérités différentes, Alban. Tout dépend de la position où l'on se place pour les envisager.

Était-ce une façon de me dire que tu ne me retournerais jamais mes sentiments ? J'étais bien près de le croire, et je n'accordai qu'une attention distraite à tes paroles suivantes.

— Attends demain, et ouvre la boîte quand tu te sentiras prêt.

Le cœur empli de chagrin, je te regardai sortir de la pièce. Déposant ton cadeau sur la table, je l'abandonnai derrière moi. Si je devais y découvrir l'aveu de ta simple amitié noté noir sur blanc, il n'était pas certain que je déverrouillerais le socle de sitôt . Je préférais conserver mes illusions.

Ce soir-là, la tempête fit rage. Le vent soufflait en rafales et la maison craquait de toutes parts. Habitué à ses assauts et confiant dans la solidité du bâtiment, je lisais, confortablement installé dans le canapé. La nuit était tombée depuis longtemps et j'avais fermé les volets. Douillettement calfeutré à l'intérieur tel un aveugle, je me concentrais sur ma lecture en ignorant la mer, si proche et si agitée. Ou plutôt je me désolidarisais des difficultés endurées par ses résidents.

Mon métier m'avait appris à ne jamais sous-estimer la furie des vagues. Gonflées par un puissant vent d'ouest, celles-ci malmenaient dangereusement quiconque ne s'était pas suffisamment éloigné des rochers affleurant vers la plage. Je connaissais la violence de leur impact. Face à leur vigueur, un dauphin égaré se trouverait rapidement vulnérable. Mais au lieu d'espérer qu'aucun de ces grands mammifères ne demeure trop près des côtes, j'en venais à souhaiter que le ressac fracasse le plus sombre du groupe contre l'une des pointes de la falaise.

Pensée inavouable qui me retenait loin de notre chambre, où je t'avais vu disparaître un peu plus tôt. Je me sentais petit et parfaitement injuste dans ma rancœur envers cet animal. Il n'était somme toute coupable que d'attirer un peu trop ton attention. Je n'en parvenais pas moins à lire tranquillement alors que je mûrissais lentement une décision plus noire. Il me fallait te délivrer de ton obsession. Si tu continuais à te raccrocher à tes chimères, j'allais devoir agir. Efficacement. Et je n'hésiterais pas à me débarrasser moi-même de ce fauteur de trouble. Je n'envisageais pas encore de le tuer, mais de l'écarter promptement et de manière définitive, oui !

Un état d'esprit peu propice pour te rejoindre sans me trouver quelque peu ignoble, qui me valut pourtant de contempler une dernière fois ta plastique magnifique à la lumière crue de l'ampoule du salon, quand las de m'attendre en vain dans notre lit, tu revins dans la pièce. Nu comme un ver, arborant avec désinvolture ta virilité dressée, tu me délestas de mon livre avant de t'installer sans pudeur sur mes genoux.

— Fais-moi l'amour.

La sensualité couvant au fond de ton regard m'annonçait clairement que tu ne tolérerais pas de refus. Je n'avais d'ailleurs pas envie de me rebeller.

— Ici ? me contentai-je de m'enquérir.

— Ici, confirmas-tu en approchant tes lèvres des miennes.

Décidément, notre parenthèse écossaise te rendait insatiable. De quoi effacer mon dépit suite à mes interrogations sur la lettre dissimulée dans la boîte à musique, qui me narguait toujours sur la table basse. Heureux de la tournure que prenaient les événements, je soupirai d'aise sous ton tendre baiser. Celui-ci s'approfondit aussitôt. Incapable de résister davantage à l'appel que tu éveillais en moi, je passai mes bras autour de ta taille pour coller ton torse contre mon pull. Au frottement, ton corps s'arqua inconsciemment, arrachant ta bouche à la mienne, tandis que tu gémissais longuement.

Les joues rougies, les yeux fiévreux et les lèvres gonflées, tu t'offrais dans la plénitude de ta passion. Beau, désirable et terriblement provocant. Je n'en finissais pas de t'admirer, tandis que mes doigts redécouvraient ta peau de nacre à la perfection veloutée. J'aimais sa senteur fraîche au goût légèrement salé. Je ne me privai d'ailleurs pas d'en savourer la douceur sous ma langue alors que je te mordillais un téton. Je ne me lassais pas des tressaillements que te procuraient mes caresses. Je frôlais à dessein tes épaules, coulant mes paumes le long de ton dos, savant mélange d'effleurements et de touchers plus appuyés, qui s'achevait en petits cercles au creux de tes reins. Il me semblait modeler une œuvre d'art. Le David de Michel-Ange du jardin des parents de Dimitri s'animait entre mes mains.

Reprenant les rênes, tu m'obligeas à interrompre mes cajoleries pour ôter mon pull. Sans égard pour la délicatesse de son mohair, tu le jetas sur le sol. Déjà tu t'activais sur les boutons de ma chemise. J'appréciais ton impatience et je profitais de ta position pour abreuver ton cou d'une pluie de baisers légers. Je remarquai soudain un brin de chair de poule sur ton omoplate. Le chauffage nous préservait de la fraîcheur extérieure, mais la violence du vent qui se déchaînait dehors produisait un effet glaçant, donnant l'impression que tout allait s'effondrer.

Que tu aies choisi un tel moment pour me témoigner un désir aussi fougueux m'interpella un instant. L'ardeur que tu mettrais à assouvir ta convoitise me convenait néanmoins parfaitement, et je me contentai d'élargir mes mouvements pour te réchauffer en frottant tes flancs. Un reste de bon sens m'incita toutefois à demander :

— Tu n'as pas froid ?

— Non, me détrompas-tu d'un ton fébrile.

Ce non était à la limite de la transe. Il n'admettait aucune interruption. Sans même me regarder, tu t'attaquais déjà à ma ceinture. Cette frénésie animale te ressemblait peu. Elle cadrait cependant fort bien avec le feu que tu avais allumé en moi, et qui maintenant me dévorait les reins. Je n'étais pourtant pas résigné à tenir un rôle totalement passif, et je profitai de ta distraction pour te basculer brusquement sur le divan.

— Ce n'est pas une raison pour te servir de moi comme d'un objet, précisai-je en m'étendant sur toi.

Je me doutais que mon initiative risquait de te déplaire. Le jeu en valait néanmoins la chandelle, et j'usai de mon poids en crochetant mes jambes aux tiennes pour t'immobiliser davantage. Je m'attendais à une ruade contestataire, une morsure vengeresse, ou l'une de ces petites phrases cinglantes dont tu avais le secret lorsque l'on te contrariait. En aucun cas à la brutale inertie qui te paralysa soudain tandis que ton expression modelait l'aveu d'une immense tendresse. Encore moins aux larmes d'émoi qui perlaient au coin de tes paupières.

Interloqué, je me figeai à mon tour. Comment interpréter cet étalage affectif à l'état brut ? La respiration hachée, je te dévorai du regard. Non seulement tu te rendais à ma volonté avec confiance, mais tu affichais ouvertement un sentiment dont tu niais généralement l'importance quand je pouvais en mesurer l'effet. Que t'arrivait-il ?

Je n'étais pas encore au bout de mes surprises. Levant la main, tu effleuras ma joue d'un geste si doux que j'en fermai les yeux de félicité. Ta caresse contenait en germe la manifestation d'un attachement si grand que j'en tremblai presque. Tant de non-dits et un mystère qui restait entier. L'étrangeté de ton attitude m'offrait le retour d'un espoir auquel je ne croyais plus. Un flottement délicieusement ambigu. J'aspirais à ce que ce moment dure des heures. Arrêter le temps…

Ton murmure en décida autrement.

— Quel que soit ce que l'avenir nous réserve, n'oublie jamais que tu n'as rien à te reprocher.

La tristesse de ta voix me saisit. Rouvrant les paupières, je vis un sillon d'eau salée se perdre dans ta chevelure, près de ton oreille.

— Mais que…

Ta bouche se plaqua de nouveau sur la mienne, m'interdisant de poursuivre. Ainsi scellas-tu mon désir de comprendre sous le feu d'un sursaut de passion. Avide de friction, ton corps se mit à serpenter sous le mien, ranimant ma convoitise tout en exacerbant la tienne. Le reste de la nuit nous appartenait. Je n'avais pas envie de gâcher ce qui s'annonçait comme une communion affective et sensuelle exceptionnelle par des questions abruptes. Je me jurai cependant de t'interroger plus tard.

Le lendemain matin, ce fut un courant d'air qui m'avertit d'une anomalie dont je ne mesurai pas immédiatement l'importance. Froid, glacé même. Il provenait de la porte-fenêtre que j'étais sûr d'avoir verrouillée la veille, tout comme son volet, à présent à demi ouvert. L'interstice ainsi dégagé répandait la lumière d'une aube blafarde, peu encourageante pour poser les pieds par terre.

Deux éléments inhabituels, néanmoins propices à me tirer de la léthargie où je m'engluais encore. Mais ce fut le constat de l'absence de ton corps chaud, blotti contre le mien, qui me rendit ma faculté de raisonnement. Cette configuration me rappelait méchamment la situation que j'avais vécue deux jours auparavant. La matinée s'annonçait sous le signe d'une réminiscence fâcheuse, que doublait l'amorce d'un mauvais pressentiment.

Basculant d'un mouvement rigide pour m'asseoir, je te cherchai inutilement du regard. Mis à part moi, la pièce était vide.

Nous nous étions assoupis la veille sur le canapé, étroitement pressés l'un contre l'autre, une couverture épaisse ramenée sur nos épaules. Je me souvenais d'avoir été la prendre dans notre chambre après nos ébats pour te couvrir, avant de m'allonger en t'enlaçant dans une étreinte douce. Fatigué, tu avais refusé de te déplacer jusqu'à notre lit, et nous nous étions endormis comme des masses. Je maudissais ta discrétion pour dénouer nos membres sans que j'en aie conscience, et surtout je commençais à grelotter sous l'assaut de l'air froid qui envahissait le salon. Avais-tu décidé de me faire attraper la mort ?

Ramassant mon pantalon et mon pull qui traînaient sur le sol, je m'habillais rapidement sous la couverture avant de me lever pour fermer la porte-fenêtre. J'ignorais pourquoi tu l'avais ouverte, mais j'étais bien déterminé à t'invectiver dès que je mettrais la main sur toi.

Je pensais te trouver dans la cuisine, en train de boire un café serré, et je demeurai un instant saisi en t'apercevant dans le fond du jardin, alors que je crochetais la poignée de la croisée. Que faisais-tu si tôt dehors ? Qui plus est torse nu et vêtu d'un simple jean ? La tempête de la veille avait cédé la place à un temps calme et brumeux, mais la température était loin d'être agréable. Par ce froid polaire, c'était toi qui risquais d'attraper la mort.

En réalisant que tu te dirigeais droit vers le haut de la falaise, un frisson de pure appréhension me submergea. Ouvrant en plein la porte-fenêtre, je sortis sur la terrasse. Tu atteignais maintenant l'amas de ronces. Encore un pas, et tu serais sur le sentier. Effaré, je m'immobilisai quelques secondes pour t'observer. De toute manière, j'étais trop loin pour te retenir. Tu n'allais tout de même pas tenter une descente par un temps pareil ? La tempête s'était apaisée, mais la roche demeurait détrempée et les écharpes de brouillard qui remontaient de la mer me laissaient craindre une plaque cotonneuse nettement plus épaisse en bas.

Sans compter la singularité de ta tenue. En remarquant que tu étais également pieds nus, une alarme commença à s'agiter furieusement en moi. Incapable d'admettre ce qui se jouait réellement, je refusai d'écouter ce qu'elle essayait de me dire. Ce dernier détail m'affola cependant suffisamment pour m'inciter à t'appeler.

— Cédric !

Je crois que je compris à l'instant où tu te retournas. La distance qui nous séparait n'était pas assez grande pour masquer ton expression. Nous en avions déjà fait l'expérience du temps où tu t'obstinais à descendre seul vers la plage, malgré les dangers d'une météo mauvaise. Dans ces moments-là, je m'incrustais devant la porte-fenêtre dans une pause reflétant mon inquiétude et ma répréhension, tandis que tu me lançais un regard de défi avant de t'engager dans la sente. Tu savais que je lirais en toi, et ton visage s'éclaira sous la lumière d'un sourire très doux alors que tu faisais un pas en arrière.

Ton pied ne rencontra que le vide. Tu basculas, et je te vis disparaître.

— Cédric !

Mon hurlement se répercuta jusqu'aux pointes des falaises, provoquant l'envol d'un groupe d'étourneaux et le criaillement des mouettes en contre-bas. Tu n'avais pas esquissé un geste pour éviter la chute, pas eu le moindre sursaut pour te raccrocher à la vie. Dimitri et moi avions toujours redouté un accident dû à l'effondrement de la roche. Tu venais une fois de plus de réduire nos mesures préventives à néant, en choisissant un final que nous avions refusé d'envisager.

Je n'oublierai jamais le bruit des pierres qui se détachaient alors que tu tombais. J'étais trop loin pour entendre celui de ton corps se froissant contre les rochers, mais mon imagination y suppléa efficacement. Tu ne poussas pas un cri et cela m'épouvanta davantage. Tétanisé par un acte dont je niais la réalité, je conservai une immobilité de statue, incapable de réfléchir et de décider d'une action. Tes derniers instants tournaient en boucle dans mon esprit, sublimés au-delà de l'horreur par ton sourire.

Une seconde plus tôt, tu étais là. À présent, le ciel gris mêlant son horizon à la ligne indéterminée d'une mer noyée de brume me faisait face. Seuls les cris mécontents des oiseaux dérangés dans leur sommeil attestaient du drame qui se jouait. À nouveau, mes lèvres s'animèrent sous ton nom, mais cette fois-ci, ce ne fut plus qu'un chuchotement.

— Cédric.

Le son de ma propre voix parvint à me tirer de la transe morbide qui me paralysait. Et brutalement, je réagis. Courant comme un fou au fond du jardin, j'atteignis le bord de la falaise en un temps record. Arrivé devant le sentier, je fermai un instant les paupières, incapable de me pencher. J'espérais je ne sais quel miracle et je me surpris à prier. J'acceptais de donner dix ans de ma vie pour te voir accroché à une pierre, ou une racine suffisamment solide pour supporter ton poids le temps de te porter secours. Une partie de moi refusait pourtant de se leurrer davantage.

Ce n'était pas un accident. Tu connaissais bien le terrain et tu avais effectué ce pas en arrière de façon parfaitement volontaire. Tu venais de te tuer sous mes yeux, et rien ni personne n'aurait pu interrompre ta chute si tu avais décidé que celle-ci te serait fatale. Des larmes envahirent mes paupières alors que je les rouvrais. La vue brouillée par un voile translucide, je plongeai enfin mon regard vers le vide.

Ton corps gisait une vingtaine de mètres plus bas. Fracassé sur la dernière barre rocheuse avant la plage, il s'étalait dans la pose d'une étoile de mer étonnamment gracieuse, qui te consacrait dans un semblant d'offrande à la mer. La brume qui se diluait ne me laissait aucune illusion. Tes yeux demeuraient grands ouverts, mais je n'avais pas besoin de descendre pour comprendre que ton cœur ne battait plus.

Je conserve une mémoire floue des événements qui se déroulèrent ensuite.

Mon voisin le plus proche m'avait entendu hurler et il n'avait pas hésité à me rejoindre en me voyant courir vers le fond du jardin. Sur la route, un cycliste témoin de ta chute avait prévenu les secours. Les pompiers et la police arrivèrent rapidement. Une ambulance inutile aussi. Ramené à l'intérieur par des mains charitables, je n'assistai pas à la remontée de ton corps. On m'interrogea, mais je ne garde aucun souvenir précis de ces questions.

Je ne me rappelle que du passage de la civière sur laquelle gisait la coquille à présent vide de ton être, empaquetée dans une housse grise anonyme. Je ne demandai pas à contempler une dernière fois ton visage adoré. On ne me le proposa d'ailleurs pas. Mon esprit tournait au ralenti, comme anesthésié.

Le soir, enfin, après une ultime déposition et la venue de Fabrice qui tenta maladroitement de me réconforter, j'affrontai la solitude. Une solitude que je n'avais plus connue depuis ton emménagement, trois ans auparavant. Le silence qui m'entourait n'en finissait pas de me déprimer. J'errai à travers les pièces comme un automate. Le cœur broyé, mais incapable de pleurer. Cette boule qui nouait ma gorge, je la sentais pourtant prête à éclater. Si elle crevait, je n'arriverais jamais à endiguer la force du chagrin qu'elle exposerait au grand jour. Alors, je serrais les poings.

Sans cesse, mes pas me ramenaient dans le salon. La boîte à musique posée sur la table me narguait. Ton présent ne servait plus à rien. Il bafouait d'autant un souvenir d'enfance. Tu savais ce que cet objet représentait pour moi, et tu n'avais pas hésité à le fouler au pied.

Je t'en voulais.

Les doigts tremblants, je finis par saisir le petit coffret. L'envie de le fracasser contre le mur m'obnubilait. Celle d'écouter une fois encore sa douce mélodie également. La seconde l'emporta, et je soulevai le couvercle, permettant au cerf de reprendre sa ronde. Je pensais m'endurcir en me confrontant à ton manque de discernement insultant. À ta trahison. Mais cette putain de boîte à musique m'amena les larmes aux yeux.

Une boîte à musique… Presque identique à celle qui berçait mon enfance…

Comment avais-tu pu me faire ça après m'avoir offert un tel cadeau ? Comment pouvais-tu te montrer si attentionné et si insensible à la fois ?

Longtemps, j'écoutai la petite chanson, triturant le bois du socle entre mes doigts. Pour moi, aucun doute ne subsistait. Tu avais déjà décidé de ton geste avant que je ne découvre ton présent. Pour la première fois de ma vie, je te haïs.

*« J'ai glissé une lettre à ton intention dans cette cachette, mais j'aimerais que tu attendes demain pour la lire. »*

Ces mots que tu m'avais adressés la veille tournaient maintenant en boucle dans mon esprit. Eh bien soit ! Si je devais apprendre à vivre en te détestant, autant enfoncer le clou un peu plus profondément.

Fébrilement, je déboîtai le fond du coffret. Une feuille de papier à lettre s'y nichait. Soigneusement pliée en huit. Lentement, je l'ouvris, me blindant déjà pour ne pas souffrir de ton rejet posthume.

Je crois que je m'attendais à tout, mais ce que je lus ce jour-là dépassa mon imagination.

*« Mon amour,*

*Quand tu liras cette lettre, je ne serai plus de ce monde. Tout au moins, pas de celui que tu côtoies en t'aveuglant d'une réalité tronquée. Le passage d'Yvan n'a été qu'un catalyseur. Ne perds pas ton temps à te focaliser sur le mal qu'il m'a fait. Cet abruti ne mérite que ton mépris. Il ne vaut pas la peine que tu penses avoir loupé quelque chose à cause de lui. Ma décision était prise depuis de longues semaines et rien n'aurait pu m'en détourner.*

*Le séjour que tu m'as offert en Écosse était une parenthèse merveilleuse. Elle m'a permis de te quitter apaisé, et surtout d'essayer de te montrer ce que je ressens réellement pour toi. Je me suis si bien appliqué à brouiller les pistes ces derniers mois que je doute que tu l'aies vraiment compris. Maintenant, tu le sais. Je t'aimais, et là où je me trouve, je t'aime toujours aussi fort. Peut-être vas-tu me maudire, mais il me paraissait cruel de te le dire en face alors que je m'acheminais vers une mort librement choisie.*

*Tu me taxeras sans doute d'égoïsme, et d'un côté tu auras raison. Sache malgré tout que renoncer à toi a été la décision la plus difficile à prendre de ma vie. J'ai été heureux à tes côtés. Plus que tu ne sembles le croire. À la disparition de Dimitri, toi seul as réussi à ranimer la flamme sans laquelle je me serais étiolé depuis longtemps.*

*Sache également que depuis notre rencontre, j'ai toujours éprouvé pour toi plus que de l'amitié. L'amour que je portais à Dimitri me le cachait. Je l'ai compris le jour où tu m'as offert l'hospitalité. Je t'en voulais encore terriblement à ce moment-là, et pourtant j'ai ressenti une immense joie à l'idée de vivre avec toi.*

*Dimitri l'avait deviné. Il me faisait suffisamment confiance pour ne pas en prendre ombrage. Il t'appréciait aussi. Énormément. Qui pourrait affirmer ce que l'avenir nous réservait s'il ne s'était pas perdu en mer ? Il tendait généralement des ponts en aval, pour atténuer l'impact d'une situation singulière dévoilée aux yeux des autres. Et il a toujours laissé planer un doute sur ton rôle réel dans notre couple.*

*Il me disait souvent que la vie ne se limite pas à ce que l'on croit en percevoir. C'est grâce à lui que j'ai découvert l'histoire de Bacchus et des dauphins. À l'époque, j'ai pensé qu'il me la racontait parce que ces animaux étaient les seuls à m'avoir consolé lorsque mon père m'avait frappé en apprenant mon homosexualité. Je n'ai jamais compris pourquoi il m'en avait parlé avant ces derniers mois. Dire que je me moquais de lui à cause de cela... Peut-être avait-il un don de prescience ?*

*La tempête me l'a arraché. J'étais perdu et tu m'as recueilli. Sans toi et les dauphins, je ne lui aurais pas survécu, mais ma mort n'aurait alors été que tristesse et saut dans le linceul de l'oubli. Tout peut arriver pour qui conserve l'espoir. Les dauphins me l'ont enseigné. Le plus sombre d'entre eux ne les a pas rejoints au hasard. Je sais que cela te paraît fou, mais il est l'élu d'un mystère qui nous dépasse.*

*À un moment, il m'a fallu faire un choix. J'ai essayé de t'inclure dans mon monde. À mes chimères, comme tu les appelles. Malheureusement, tu ne vois qu'une seule réalité. Je ne te demande pas de comprendre pourquoi je l'ai choisi, lui. Je me doute que tu vas avoir du mal à admettre ma décision. Je souhaite simplement qu'un jour tu conçoives que je devais le rejoindre. Ce qui n'enlève rien à l'amour que j'éprouve pour toi.*

*J'aurais pu attendre que les années s'écoulent et que la mort s'annonce naturellement en laissant tes bras me bercer, mais quoi que tu en dises, ce dauphin n'est pas apparu sans raison précise. Depuis le début, il parle dans mes rêves. Il m'appelle lorsqu'il s'approche de la côte. J'ai la certitude qu'il a un plan pour nous. Nous avons quelques choses à accomplir ensemble.*

*Ce n'est pas pour autant que je t'oublie. Qu'il t'oublie. Tu as toujours fait partie de l'équation, et tu le feras toujours. Seulement, tu n'es pas prêt.*

*Je ne suis plus à tes côtés, mais n'oublie jamais que je suis encore là. Quelque part. Un jour, je sais que tu nous rejoindras, et nous t'accueillerons comme le plus beau des cadeaux, car enfin nous formerons un tout. En attendant, veille sur nous, veille sur toi, et crois bien que l'amour que je te porte n'a jamais rien eu à envier à celui que j'éprouvais pour Dimitri.*

*Je t'aime, aussi fort que j'aie pu l'aimer, et que je t'aimerai alors que la mort m'aura emporté. N'en doute jamais.*

*Ceci n'est pas un adieu, ce n'est qu'un au revoir. Demeure en paix.*

*Cédric »*

Ainsi tu m'aimais ? Véritablement, même si tu partageais ce sentiment avec un fantôme soi-disant réincarné. Excepté la partie mentionnant ton obsession morbide et complètement irraisonnée pour ce dauphin, ta confession me ravissait. Elle était inespérée, merveilleuse, et elle ne menait malheureusement nulle part.

Découvrir que tu m'aimais ne me consolait pas, bien au contraire, mais cela me donnait au moins le courage de ne pas tout abandonner. Tu me confiais une mission. Celle de veiller sur toi à travers la mort, en me rapprochant d'un groupe de dauphins. C'était totalement fou, à l'opposé de mes convictions cartésiennes, et pourtant je savais que je ne m'y soustrairais pas.

D'une certaine manière, tu me sauvais la vie. Tu ne m'en laissais pas moins avec l'amertume des interrogations sans réponse. Comment avions-nous pu vivre ensemble si longtemps en nous comprenant si mal ? Pourquoi ne m'avais-tu rien dit ? À quel moment avais-tu basculé sans que je n'aie rien su voir ?

Ce jour-là, j'ai froissé ta lettre tandis que les larmes que je retenais brisaient enfin leur digue. Je me souviens d'avoir sangloté durant des heures, le poing serré sur ton dernier message, comme un enfant inconsolable. Je t'avais perdu.

# Épilogue

Les jours suivant ton décès, je passai des heures à errer comme une âme en peine au sein de ma propre maison. En apprenant le drame survenu, mon employeur m'avait contacté de lui-même pour m'accorder une prolongation de congés exceptionnelle. Solution peu efficace pour m'ôter l'épine qui me déchirait le cœur chaque fois que je traversais une pièce vide, mais qui partait d'un bon sentiment auquel je ne m'attendais pas. Je découvris ainsi que le secret de notre relation n'en était plus vraiment un, et qu'il était accepté avec bienveillance.

Cela m'aida à révéler la vérité à mes parents lorsque ceux-ci, inquiets de ne plus parvenir à me joindre au téléphone, débarquèrent en Normandie. Mon père s'en doutait depuis notre dernier passage à la maison. À son habitude, il ne fit aucun commentaire, se contentant de me rassurer en me posant une main consolatrice sur l'épaule. Ma mère, elle, n'avait rien deviné. Elle admit cependant la situation d'autant plus facilement qu'elle craignit vraiment de me perdre, tant j'allais mal à ce moment-là.

À la suite de leur visite, Émilie me rejoignit tous les week-ends durant plusieurs mois, ainsi que pendant les vacances scolaires. Mes autres sœurs furent également très présentes. Ma famille s'attela à la tâche pour que je reprenne goût à la vie. Ce fut long et douloureux, et jamais véritablement guéri. La cicatrice toujours sensible de ta mort perdure encore aujourd'hui, et je sais que rien ne la fera disparaître. Je leur suis toutefois reconnaissant pour leurs efforts. Infiniment.

Sans leur aide, je me serais laissé dépérir de chagrin, passant ainsi à côté de la merveilleuse surprise qui m'attendait un matin de printemps, un an après ton suicide, alors que pour la première fois j'étais redescendu sur la plage.

Notre plage…

La mer était calme et le soleil brillait dans un ciel au bleu si clair que l'eau prenait par endroit la teinte de ton regard. Les dauphins apparurent soudain dans l'une de ces étendues translucides. Le groupe entier, mené par le plus sombre d'entre eux. Malgré ma tristesse, je ne ressentais plus de haine pour ce cétacé. La troupe nageait aussi près que possible du rivage, ses membres rivalisant d'adresse pour s'entrecroiser sur une surface réduite. Calquant leur avance sur ma lente promenade le long des galets, ils paraissaient me saluer.

Leur ballet était touchant, mais je n'avais pas le cœur à sourire. J'allais me détourner, quand surgissant des profondeurs dans une grande gerbe d'eau perlée, un nouvel individu sauta en se cabrant par-dessus les vagues. Un jeune mâle, mince et longiligne, d'une blancheur si marquée qu'elle en devenait presque immaculée à côté du gris de ses compagnons. Les dauphins albinos sont suffisamment rares pour que mon regard surpris suive ses évolutions. Incroyablement, il semblait chercher à attirer mon attention. Et le moins que l'on puisse dire, c'est qu'il y parvint.

Depuis, il se montre chaque fois que je descends sur la plage, comme aujourd'hui. Caracolant et émettant des sifflements joyeux. Il ne se déplace que dans le sillage de celui à l'aileron plus sombre. Tournant autour de lui comme un protecteur en action, ce dernier paraît monter une garde vigilante. Il arrive souvent qu'ils nagent de concert, et c'est un plaisir pour les yeux que de les voir se mouvoir ensemble, sautant et virevoltant au milieu du reste du groupe.

Le plus étrange, c'est que je suis le seul à disposer du privilège de pouvoir l'observer de si près. D'autres l'ont aperçu, du haut de la falaise, où du pont d'un navire, mais dès qu'ils tentent de l'approcher, il plonge, pour disparaître mystérieusement. Soumis à la peur ou à un trop grand stress, les dauphins se noient parfois volontairement. Un acte de désespoir qui me rappelle un bien mauvais souvenir. Alors je me bats pour qu'on le laisse en paix. Et pour l'instant, je parviens à repousser les curieux.

Voilà presque sept ans que ton rire s'est éteint, et six que je bénéficie de l'étonnante démonstration affective de ce dauphin blanc. Objectivement les deux ne peuvent être liés, mais je ne peux m'empêcher d'y voir un signe. J'avoue que le comportement de ces deux mâles, si intimement unis, m'interpelle. À plus d'un titre.

N'ai-je pas sous les yeux la réalisation de l'exposé contenu dans ta lettre ? Se pourrait-il que cela soit vraiment toi ? Vraiment vous ? J'ai beau me dire qu'une telle chose est impossible, tant que l'humanité n'aura pas disséqué consciemment les rivages de la mort, les certitudes des uns s'opposeront aux vérités des autres, et cela, quel que soit le camp où l'on se place. Pour ma part, j'apprends humblement de mon ignorance et je refuse de prendre parti.

J'ai décidé de consigner notre histoire parce que je sais que les articles de presse ne te rendent pas justice. Après ton décès, ton éditeur a cru bon d'annoncer au monde l'identité de son auteur vedette, ce qui a relancé les ventes de tes romans, tout en faisant de toi une figure littéraire encore plus emblématique. Les circonstances dramatiques de ta disparition, jointes à ta jeunesse et à ta beauté, ont renforcé l'intérêt médiatique lié à ton nom, au grand agacement de ton frère. Naturellement il est intervenu en donnant quelques interviews où il n'a pas manqué de t'égratigner. J'ignore s'il te déteste ou s'il se comporte ainsi pour se préserver d'improbables remords, mais s'il avait le pouvoir de t'effacer des mémoires, je pense qu'il n'hésiterait pas une seconde à l'utiliser.

Si je ne rétablis pas la vérité, qui conservera l'image de ta personnalité attachante et complexe ? Je veux qu'on sache qui tu étais vraiment, la passion qui t'habitait. Peu importe la folie – ou le rêve – qui t'a emporté. Tu agissais par instinct et tes intentions étaient pures. Ton seul défaut était d'aimer de façon trop fusionnelle. Tu es mort d'aimer, et pour cela je te pardonne de m'avoir abandonné.

J'exerce à présent pour la protection de la faune. Durant plusieurs mois, j'ai suivi une formation en lien avec la réalisation de structures respectueuses de l'environnement. Je ne change pas vraiment de métier, si ce n'est que maintenant, je lutte en plus pour préserver la vie marine. Un choix délibéré pour protéger les dauphins que tu aimais tant. Protéger ce littoral où ils viennent librement s'ébattre. Te protéger…

Voilà, vous connaissez mon histoire. À un détail près. Après chacune de mes promenades le long de la côte, je me sens apaisé, et je ne peux plus dire que l'amour vrai est réservé aux autres. Le mien s'entremêle au destin de deux amants que la mort réunit peut-être au-delà de sa frontière communément admise.

À présent, je sais ce qu'il me reste à faire. Me battre pour sauvegarder cette portion de littoral où vivent les dauphins. Pour qu'ils puissent cabrioler impunément dans ces eaux tout en me laissant les admirer. Et surtout, je ne veux plus me souvenir du voile de tristesse qui embrumait trop souvent ton regard, mais de l'éclat de ton rire quand tu courais sur le rivage.

La mort ne t'a pas arraché à moi. La folie de ton amour survit à travers un rêve, bousculant la définition de la vie et de la mort. La folie de ton amour continue de tisser ce lien si fort qui m'attachait à toi. Et si par miracle, la folie de ton amour se raccorde par un pont ténu à la réalité, alors viendra un jour où je le franchirai.

Quoi qu'il se produise dans l'avenir, rien ne sera suffisamment fort pour briser l'union qui rivait ton âme à la mienne. La singularité du dauphin blanc y veillera, car elle ouvre sur un songe éveillé dont tu es la clé, avant d'en devenir la récompense.

Je t'aime…

# Table des matières

Imprimé par Lightning Source France
1 avenue de Gutenberg
78310 Maurepas

Imprimé en France
FROC03n0803280518
19009FR00004B/11/P
9 782375 210659